W0221620

Mel Andoryss est née en mai 1981 et souffre depuis toujours d'une certaine forme d'intempérance créatrice qui la pousse, jour après jour, à mettre sur le papier des histoires trop à l'étroit dans sa tête. Ainsi, elle écrit avec passion chaque fois qu'elle en a l'occasion et surtout quand elle n'est pas entre deux tentatives désespérées d'éduquer des élèves le temps d'une heure de cours sur la Vie, la Terre et un peu le reste. Pour le plus grand plaisir de leur auteure, ces récits semblent avoir trouvé une audience au travers de multiples formats auxquels elle s'essaie: BD, roman, nouvelle. Des rumeurs affirment également qu'elle aime lire, jouer aux jeux vidéo, courir partout et taper sur des gens, mais il n'y a aucune preuve formelle concernant ces allégations. On prétend aussi qu'elle réside dans l'est parisien, mais il serait bien plus exact de dire qu'elle habite un café geek parisien qui lui sert de bureau.

Du même auteur, aux éditions Delcourt,
en bande dessinée :

Les Enfants d'Evernight, avec Yang :
1. *De l'autre côté de la nuit*
2. *L'Orphelinat du Cheval pendu*

Le Cercle, avec Nesskain :
1. *Your True Colors*
2. *Réminiscence*
3. *Hybridation*

Avec Tony Semedo :
Sept naufragés

www.castelmore.fr

MEL ANDORYSS

LES ENFANTS D'EVERNIGHT

1. DE L'AUTRE CÔTÉ DE LA NUIT

D'APRÈS LA BANDE DESSINÉ ÉPONYME
D'ANDORYSS ET YANG

CASTELMORE

© Bragelonne 2014
Les Enfants d'Evernight, volume 1.
De l'autre côté de la nuit, Andoryss - Yang
© Guy Delcourt Productions – 2011

ISBN : 978-2-36231-103-1

Loi n° 49-956 du 16 juillet 1949
sur les publications destinées à la jeunesse

Castelmore
60-62, rue d'Hauteville – 75010 Paris
E-mail : info@castelmore.fr
Site Internet : www.castelmore.fr

Remerciements

Pour cette adaptation des *Enfants d'Evernight* en roman, je tiens avant tout à remercier très fort toute l'équipe des éditions Guy Delcourt, et plus particulièrement David Chauvel, qui le premier a tendu la main à Camille.
Un très grand merci également aux éditions Castelmore pour leur confiance et leur travail.
Merci encore et encore à Barbara pour l'enthousiasme et les encouragements. J'ai un souvenir ému d'une discussion dans l'herbe au cours de laquelle le chemin d'Evernight s'était ouvert pour nous.

Merci bien évidemment à Marc Yang, qui a partagé ce rêve dès le premier instant et a contribué de tout son talent à faire de cette histoire une merveilleuse aventure.

Parmi les gens qui ont accompagné la réalisation de ce roman, je tiens à remercier également Silvie pour son aide précieuse et son travail, Laurent et Cyril pour leur regard à la fois acéré et bienveillant, Thomas pour le coup de main de dernière minute, et enfin Antoine, pour le soutien inconditionnel.

Pour tous ceux qui connaissent encore le chemin,
« la deuxième à droite et droit
devant jusqu'au matin ».
« C'est toujours sur ces rivages magiques
que les enfants viennent échouer leur canot.
Nous aussi, nous y sommes allés, et bien que
nous n'y aborderons jamais plus, nous avons
encore dans l'oreille le chant des vagues. »

Peter Pan, **James Matthew Barrie**
(traduction d'Yvette Métral, Flammarion - 1982)

« Le goéland voit le plus loin
qui vole le plus haut. »

Jonathan Livingston le goéland, **Richard Bach**
(traduction de Pierre Clostermann,
Flammarion - 1980)

1

Le garçon dans le Palais du Temps

La Salle du Temps était plongée dans l'obscurité quand Mathias s'y engagea. Le hangar, immense, résonnait du fourmillement des montres de sommeil. Depuis le pied de chaque mur et jusqu'à l'immense verrière qui servait de plafond, les cadrans s'alignaient dans un ordre parfait, multitude bruissante dont les cuivres brillaient à la lueur des étoiles. Du ciel d'Evernight tombait une lumière douce qui allait en s'accroissant à mesure que le profil de la première lune pointait le bout de son nez. L'image de celle-ci se reflétait dans le verre des goussets comme autant d'astres fantômes à l'intérieur du Palais du Temps. Mathias jeta un regard circulaire sur le hangar, mais toutes les passerelles métalliques étaient désertes. Ses employés avaient dû regagner leurs pénates depuis longtemps. La nuit était bien avancée et le ronronnement régulier des rouages berçait l'atmosphère d'une mélopée apaisante. Mathias était chez lui, dans son antre, dans ce temple qu'il s'était créé.

Il s'imprégna du tic-tac rassurant de la multitude de goussets dont il avait la garde et huma avec délectation le parfum caractéristique de l'huile d'engrenage. Il reconnut aussi, plus discrète, la fragrance de l'énergie des rêves qui se répandait dans les conduits de cuivre. Elle dégageait dans l'air des nuances chaudes et entêtantes. Tandis que le jeune garçon franchissait les passerelles de métal, ses pas résonnaient au milieu du rythme effréné des aiguilles. Il montait les escaliers et passait d'un palier à l'autre sans cesser de regarder toutes les tocantes sagement alignées. Au-dessus de chacune d'elles, une petite diode verte indiquait que la mesure du temps de sommeil suivait son cours normal.

Depuis le premier jour, il avait adoré son usine. Il y restait souvent après le départ des ouvriers. Il travaillait à l'atelier, ou circulait d'une passerelle à l'autre en rêvant, les yeux grands ouverts. Le Palais du Temps était l'un des rares endroits qui aient jamais réussi à lui procurer un peu de sérénité. Lorsqu'il lui arrivait par hasard de s'endormir, c'était encore ici, dans le fauteuil de vieux cuir qui trônait dans la salle de contrôle. Parce que ce lieu était son refuge, conçu par lui à son image, il s'y sentait en sécurité. Mais, ce soir, c'était différent.

Mathias grimaça. Une pointe de douleur familière lui étreignit la poitrine, lui rappelant ce pour quoi il était venu. Sans même y penser, il pressa le pas. Il avait trop de soucis en tête pour flâner, perdre du temps ou même espérer dormir. Il laissa derrière lui la danse frénétique des trotteuses et marcha d'un pas vif jusqu'à l'extrémité de la plus haute des passerelles. Elle le conduisit en ligne droite jusqu'à la salle de contrôle, qui surplombait le hangar central. Des fenêtres de celle-ci lui parvenait une faible lumière dorée, signe que tous ses employés n'étaient peut-être pas encore assoupis.

Dès qu'il fut devant la lourde porte, il poussa le battant sans ménagement et entra. La lumière chaude des lampes lui fit cligner des yeux et la buée partit à l'assaut de ses verres de lunettes. Ici, la température était toujours bien plus élevée que dans le hangar, où la verrière refroidissait les lieux. Les conduits d'alimentation en énergie de rêve passaient par là, diffusant une chaleur bienvenue dans toute la pièce. Les murs étaient couverts de consoles, de cadrans et de tuyaux de métal luisant. Le tout se mêlait dans un enchevêtrement indescriptible, empêchant la salle de paraître rangée et ce quels que soient les efforts que ses subordonnés mettaient à ordonner ce capharnaüm permanent. Près de la console centrale, un lémurien s'activait encore, qui se retourna en entendant les gonds de la porte gémir.

— Bonsoir, Chef, lança aussitôt l'animal. Le rendement est normal, il n'y a rien à signaler.

Puis, avisant le teint pâle du garçon qui venait d'entrer :

— Insomnie ? demanda-t-il d'une voix compatissante.

Mathias hocha la tête. Il essuya la buée de ses lunettes, replaça ces dernières sur son nez et s'avança jusqu'aux cadrans de mesure. Le lémurien observa son patron avec un mélange de crainte et d'indécision. Une visite du Maître du Temps à une telle heure était inhabituelle. Il abandonnait généralement la surveillance des courants des rêves à ses employés et ne s'embarrassait pas de les vérifier lui-même. L'activité erratique des montres au cours des dernières semaines y était peut-être pour quelque chose. Il devait être inquiet… et il y avait de quoi.

Seuls trois enfants étaient autorisés à demeurer à Evernight et Mathias était l'un d'eux. Les montres de sommeil étaient sous sa responsabilité : si leur fonctionnement donnait de nouveau des signes d'irrégularité, il aurait à en répondre devant l'Autorité. Son statut serait alors sans doute remis en question et le lémurien savait que son jeune maître ne pouvait pas se le permettre. Du reste, Mathias observait les jauges de mesure avec attention, ce qui confirma les soupçons de son employé.

— Parfait, apprécia finalement le jeune garçon. Pas de déconnexion, aujourd'hui ?

— Pas une seule, confirma l'employé en agitant sa queue rayée. Il semblerait que l'instabilité des montres soit sous contrôle. Le pire est derrière nous. Les déconnexions ont cessé et les flux sont convenables. L'Ordre va être satisfait.

Mathias secoua la tête et soupira. Abandonnant la console, il marcha jusqu'à la partie de la salle qui lui était réservée, où il s'était installé un bureau confortable. Là, il alluma sa lampe anglaise et entreprit de lire les missives déposées par les papillons-messagers en son absence.

—Allez vous reposer. Je ne compte pas dormir cette nuit non plus et je peux me charger de la surveillance.

Le lémurien hésita, puis déposa le rapport qu'il tenait entre ses pattes griffues sur le bureau avant de saluer.

—Comme vous voulez, Chef. Bonne nuit, dit-il finalement en laissant le garçon seul dans la pièce.

—Bonne nuit, répondit Mathias sans le regarder.

Bien sûr, l'animal avait raison. Personne ne prêtait attention à l'usine tant qu'elle fonctionnait. Sauf en cas d'alerte, l'Ordre n'y mettait jamais les pieds, ce qui était aussi une bonne chose. À présent que tout était revenu à la normale, les ouvriers du Palais du Temps et le maître des lieux allaient avoir la paix. Les cadrans de contrôle étaient au beau fixe : stabilité irréprochable, flux constant, indicateurs dans le vert. Tout était parfait.

Sauf que, si étrange que cela puisse paraître, il ne fallait pas que ce soit le cas.

Mathias ôta ses lunettes et se passa la main sur les yeux. Il rabattit en arrière ses cheveux sombres, décidément trop longs. La grande vitre qui donnait sur la salle des montres, en contrebas, lui renvoya le reflet d'un visage blême aux yeux cernés, éternellement juvénile mais accusant la fatigue. Maître de la première institution evernightienne et pourtant si jeune… et si vieux à la fois.

Comme nous le sommes tous, songea-t-il amèrement en se dirigeant vers les valves d'apport.

Le contrôleur de pression affichait une constance déprimante. Le garçon eut un claquement de langue agacé et pianota nerveusement sur la console. Il allait encore devoir pousser le régime, au risque d'alerter l'Ordre et de susciter la curiosité de MacClaw. Pourtant, il n'y avait pas d'autre solution. La dernière vague de déconnexions était effectivement achevée, il n'y avait aucun doute là-dessus, et la montre qui l'intéressait n'avait pas bougé d'un iota. C'était un échec. Pourtant, un instant, il hésita. Juste un instant.

— Allez, encore un effort, se rassura-t-il en entrant son code d'admission sur le clavier de métal.

Et, sans prendre la peine de tergiverser davantage, il poussa le volume d'énergie et en modifia la composition. Mêler l'énergie de différents cauchemars pouvait tout à fait servir ses objectifs. Les conséquences risquaient d'être lourdes, mais Mathias avait pris sa décision. Il n'était plus temps de revenir en arrière.

L'aiguille se déplaça lentement et Mathias interrompit le réglage quand il fut satisfait du taux indiqué. Il verrouilla la commande et éteignit la console. Loin en contrebas, les moteurs ronronnaient, accompagnant les tic-tac endiablés. Mathias retourna lentement vers le vieux fauteuil en cuir du technicien congédié et s'y affala, face à la salle des montres envahie par les ombres. La lune avait disparu derrière le bâtiment.

— C'est parti, murmura-t-il pour lui-même. Il est grand temps de te déconnecter, ma belle… Abrège mon attente.

Dans le hangar, les aiguilles des montres entamèrent une nouvelle danse effrénée. La prochaine étape pouvait commencer.

2

Camille

Le ciel de Londres avait pris la couleur des cendres mouillées. Au loin, par-dessus les toits d'ardoise brillant sous la pluie, le crépuscule teintait la base des nuages de tons violacés. L'orage avait précipité la nuit et nimbé la ville d'une obscurité lourde. Les fiacres comme les promeneurs s'étaient faits rares quand le déluge s'était abattu sur la capitale. Ils avaient déserté les rues, les abandonnant à l'averse automnale. Il ne restait que les pavés glissants et les feuilles mortes, les lumières changeantes et les ruisseaux improvisés qui dévalaient les trottoirs. Malgré l'heure encore jeune, l'allumeur de réverbères avait entamé sa tâche, son ciré dégoulinant d'eau. Il s'activait, seul dans ce décor, pressé de rentrer chez lui.

Camille était debout, immobile, observant la lente agonie du jour par la fenêtre de la bibliothèque. Les gouttes qui venaient s'écraser contre la vitre captaient à peine son attention ; elle était ailleurs. L'odeur d'humidité était plus forte que celle du feu dans la cheminée, des livres qui ornaient les étagères ou de la maison silencieuse. Camille ne pensait plus à rien, elle s'était laissé gagner par la mélancolie. Elle comptait les secondes avant la nuit, les heures écoulées depuis l'aube et le nombre de lampadaires allumés. Elle regardait le temps fuir. Elle ne savait pas comment le retenir.

— Il ne faut pas rester là, mademoiselle. Vous allez attraper la mort, avec ce temps.

Camille se retourna, indifférente. Derrière elle, Meg, la gouvernante, l'observait en souriant doucement, un panier de linge sous le bras. Lorsqu'elle croisa le regard triste et glacé de l'enfant, elle fronça les sourcils et son sourire s'évanouit.

— Allons, ne restez donc pas à rêvasser. Nous avons encore beaucoup à faire, lui rappela-t-elle en prenant le chemin de l'escalier.

Camille s'arracha à sa morne contemplation pour lui emboîter le pas. Le répit était terminé, il fallait revenir à la réalité et obéir. Elle n'était pas une enfant difficile.

Aussi loin que remontaient ses souvenirs, elle avait toujours été ce qu'on appelle une petite fille sage et obéissante, une jolie demoiselle aux boucles blondes et aux grands yeux bleus rêveurs. Elle avait toujours fait de son mieux à la maison pour ne pas causer de souci et se conformer à ce que l'on attendait d'elle. Son père était un homme très occupé. Son travail à la banque centrale de Londres lui prenait beaucoup de temps. Comme sa mère était morte depuis des années, Camille avait vécu une enfance plutôt solitaire dans la maison familiale. Elle avait grandi entre Meg, qui faisait office de cuisinière, de femme de chambre et de gouvernante, et Anton, le précepteur, qui passait trois fois par semaine pour les leçons d'écriture, de lecture, d'arithmétique, de dessin et de piano. Les jours se succédaient, semblables, rassurants, et la vie de Camille s'écoulait sans surprise ni heurts. Elle aurait voulu que ça ne change jamais.

Un pincement dans la poitrine accompagna cette pensée, mais l'enfant le refréna et suivit Meg dans l'escalier, docile et silencieuse. Une fois qu'elles furent arrivées dans la chambre, la gouvernante lui donna quelques directives claires sur la façon d'ordonner son bagage, et Camille se mit à l'ouvrage sans un mot. Elle plia, rangea et s'activa, remplissant la valise ouverte, qui ressemblait à un monstre affamé avalant goulûment ses affaires et son passé. L'esprit de Camille s'égara de nouveau tandis qu'elle gavait la malle de linge plié. Si on lui avait demandé son avis, elle n'aurait jamais accepté de partir, mais la décision avait été prise sans elle, comme si cela ne la concernait pas.

Trois mois plus tôt, Anton avait demandé à parler à son père. C'était presque l'été et Camille, qui n'avait aucune envie d'aller jouer dehors, avait investi le divan de la bibliothèque pour lire de la poésie française, son chat sur les genoux. Quand les deux hommes étaient revenus dans le bureau attenant à la bibliothèque, ils n'avaient pas remarqué sa présence. Elle s'était faite discrète, ne voulant pas gêner les adultes, mais elle avait néanmoins tendu l'oreille par curiosité juvénile quand elle s'était rendu compte qu'elle était le sujet de la discussion.

— Votre fille a beaucoup grandi, monsieur Denington, avait commencé Anton d'une voix grave. Les leçons que je lui donne seront bientôt insuffisantes pour l'éducation qui sied à une enfant de cet âge et de ce rang. De plus, Camille aura treize ans en septembre ; il deviendra alors inconvenant que je reste la seule personne en charge de son instruction. Je voulais vous soumettre l'idée de l'inscrire dans un pensionnat à la rentrée prochaine. Je ne saurais que trop vous le conseiller, son niveau de connaissances le lui permet et il est indéniable que cette expérience lui serait bénéfique.

Camille avait cessé de respirer, mais elle n'avait pas bougé. Pas même lorsque la réponse de son père était tombée, glaciale, dans le silence de la vieille demeure familiale.

— J'y songeais justement il y a peu et j'ai déjà entamé quelques démarches en ce sens, avait-il admis. Ma fille a l'âge de quitter la maison et elle se doit de côtoyer des enfants de son milieu. Puisque c'est également votre conseil, je vais rapidement contacter quelques établissements de bonne réputation.

Refusant d'en entendre davantage, Camille s'était levée, bousculant le chat. Ce dernier, indigné, avait émis un miaulement de protestation auquel elle n'avait prêté aucune attention. Les oreilles bourdonnantes, elle avait quitté la bibliothèque, disparaissant sans se soucier de savoir si les adultes avaient remarqué sa présence. Ils échangeaient leurs avis sur des pensionnats dont les noms tournaient dans son esprit tandis qu'elle quittait la pièce. Dès ce moment, elle avait su que ce départ lui serait odieux et, pourtant, elle n'avait pas protesté.

Elle n'avait rien dit quand son père lui avait annoncé qu'elle partirait à l'automne pour Édimbourg. Elle ne lui avait pas expliqué qu'elle ne voulait pas. L'été était passé sur son silence et son acceptation apparente de la situation mais, avec l'approche de septembre, son ressentiment et son angoisse avaient enflé comme la mer sous l'orage. Elle ne voulait pas quitter la maison, et elle n'avait toujours pas trouvé les mots pour l'exprimer.

À présent, assise sur le tapis de sa chambre, à observer sa valise qui annonçait l'irrémédiable, Camille sentit une nouvelle fois que le chagrin menaçait de l'engloutir. Avant même d'avoir pu faire quoi que ce soit pour les contenir, elle éclata en sanglots. Meg releva la tête et soupira.

— Oh, non, pas encore des pleurs, mademoiselle, s'il vous plaît !

La gouvernante se leva et alla se placer derrière l'enfant, posant la main sur son épaule dans une tentative maladroite de la réconforter.

— Allons, cessez de pleurer ! Partir en pensionnat n'est pas la fin du monde, quand même ! Soyez raisonnable !

Camille se dégagea d'un mouvement de l'épaule. Elle laissa libre cours à ses larmes, incapable de les retenir.

— Je ne veux pas... partir ! hoqueta-t-elle soudain, avant de se taire de nouveau, sanglotant tout son soûl.

Meg resta impassible derrière elle, indécise.

— Vous vous habituerez ! plaida-t-elle. Vous n'êtes pas la première petite fille à quitter sa maison pour poursuivre son éducation, vous le savez bien. Il faut partir du nid un jour, mademoiselle. Vous allez avoir treize ans demain, vous êtes grande, maintenant ! Vous verrez, vous vous ferez des amies, là-bas.

Camille secoua la tête. Elle n'avait aucune envie de se faire des amies, elle n'avait aucune envie de laisser derrière elle la maison qui l'avait vue naître et grandir mais, une nouvelle fois, les mots la trahirent et ne franchirent pas ses lèvres. Du reste, qu'aurait pu faire Meg? C'est son père qu'il lui fallait affronter et elle savait déjà qu'elle n'oserait pas. Elle partirait le lendemain sans même avoir protesté. Rien que le fait d'y songer lui faisait mal.

Elle aurait voulu être plus forte ou être capable de remonter le temps pour expliquer dès le début qu'elle ne souhaitait pas aller au pensionnat. Si seulement elle l'avait fait au bon moment! La porte d'entrée claqua au rez-de-chaussée, coupant court à toutes les paroles que Camille aurait pu laisser échapper.

— On dirait que votre père vient de rentrer, ponctua Meg, mettant un terme officiel à la discussion.

Camille s'essuya les yeux et posa ses mains pâles sur sa jupe, baissant la tête. Son chagrin reflua et elle abandonna avant même d'avoir essayé. Une ou deux larmes roulèrent en silence jusqu'à son menton tremblotant, puis ce fut tout.

Elle sombra de nouveau dans l'apathie. Meg s'était déjà éloignée.

— Nous passerons à table dans peu de temps, mademoiselle. Finissez rapidement votre valise, s'il vous plaît, toutes les affaires sont sur le lit. Allez ensuite vous passer de l'eau sur le visage. Vous avez une mine affreuse, avec vos yeux rougis. Ressaisissez-vous un peu ! Tâchez de vous montrer raisonnable !

Camille écouta le pas décroissant de la gouvernante sans réagir. Elle était seule, perdue dans sa chambre vide, avec une valise ouverte pour seule compagnie. Toute l'eau du ciel s'abattait sur le toit, mais les yeux de l'enfant étaient maintenant secs.

Se montrer raisonnable…

Elle ressassait ces paroles tout en se gonflant d'amertume. Cela ne lui avait jamais rien apporté. Depuis toujours, elle était sage, rangée et calme, comme les adultes l'espéraient et le lui réclamaient. Quand sa mère était tombée malade, d'abord, et qu'il ne fallait pas causer de soucis pour qu'elle aille mieux… mais elle n'avait jamais guéri. Plus tard, après sa mort et alors que Camille était toute petite, il avait fallu être sage encore, parce que son père avait tant de chagrin qu'il n'y avait plus de place, dans cette peine immense, pour la tristesse et les désirs d'une toute petite fille.

Puis il avait fallu être sage par habitude, parce que les adultes pensaient que c'était dans sa nature et qu'ils attendaient désormais de sa part, comme une évidence, obéissance et passivité. Elle avait toujours été irréprochable, douce, impassible, transparente, invisible... parce qu'elle voulait qu'on l'aime. Et ces mêmes adultes pour lesquels elle avait fait de son mieux, ceux-là mêmes qui avaient fait d'elle cette gentille poupée de porcelaine, ceux-là la chassaient désormais hors de chez elle, hors du seul foyer qu'elle connaissait. Pour son bien, disaient-ils. Pour son bien, mais sans tenir compte de son avis.

Qui se souciait réellement de ce qu'elle souhaitait ? Les ombres sur les murs de sa chambre peut-être, qui l'accompagnaient dans sa détresse et semblaient la couvrir d'un voile de compassion. Cette maison dont elle connaissait chaque recoin, qui était son repère, son seul asile, on lui demandait de la quitter. En vérité, non, on ne le lui demandait même pas. On le lui avait imposé. Elle aurait presque souhaité être de nouveau capable de se laisser aller aux larmes, mais elle se sentait vide, sans plus rien à exprimer. Dehors, la pluie d'automne tombait toujours, égale, régulière et déprimante.

Camille avait l'impression que son monde avait perdu ses couleurs et sa chaleur. Les bruits de la maison, les craquements de l'escalier ou le pas de Meg dans le vestibule ne lui apportaient aucun réconfort ni aucune satisfaction, seulement une vague nausée. Comme si déjà ces sons appartenaient au passé. Un hurlement était coincé dans sa gorge et elle se sentait incapable de vider le trop-plein de ressentiment et de désespoir qu'elle couvait. Pour n'avoir pas su exprimer sa volonté, elle avait mérité le statut d'étrangère dans les murs de sa propre demeure. La chambre ne lui évoquait déjà plus aucune sécurité. Les souvenirs de son enfance avaient déserté ces murs. Sur le sol, la valise trop grosse, trop lourde, jetait une tache sombre sur le tapis clair. Sur les vitres de la fenêtre, l'eau dégouttait petit à petit.

Je ne veux pas que demain arrive.

Camille gagna son lit et s'y laissa tomber, poupée de chiffon et de tristesse. Le contact des draps froids la ramena dans sa petite enfance, mais elle savait qu'elle n'était pas en train de faire un cauchemar et que personne ne viendrait la rassurer. Elle était seule et ces adultes qui étaient censés veiller sur elle et l'aider étaient les artisans de sa peine.

—Je ne veux pas partir, murmura-t-elle.

Dehors, la course des nuages sur le ciel plombé était gommée par l'obscurité de la nuit.

—Je voudrais que demain n'arrive jamais. Jamais.

Les mots comblaient le silence, ces mots qu'elle n'avait pas réussi à prononcer auparavant, ces mots qu'elle retenait depuis des mois. Comme ils coulaient facilement, à présent.

—Je ne veux pas partir. Je ne veux pas quitter cette maison. Je ne veux pas.

Les larmes qui ne coulaient plus pesaient sur elle. Ses paupières devinrent brûlantes et elle se sentit gagnée par l'engourdissement. Elle n'en pouvait plus. C'est presque malgré elle qu'elle s'entendit murmurer encore une fois :

— Je voudrais que demain ne vienne jamais. Si je dois partir, moi, je préfère ne jamais me réveiller.

C'était une prière, et son vœu était sincère. Camille frissonna de fatigue et de chagrin contenu. Elle pressa les paupières et trouva soudain bien trop difficile de rouvrir les yeux. Le froid la saisit et elle laissa libre cours à son désespoir, sombrant peu à peu dans le sommeil au rythme du souhait qui résonnait encore en elle.

Je préfère… ne jamais me réveiller… ne jamais me réveiller… ne jamais me réveiller…

L'orage grondait derrière les fenêtres et la nuit cueillit l'enfant comme tombait une dernière larme.

Dans la salle des montres, l'obscurité était totale, mais les aiguilles s'agitaient dans une danse désordonnée, le bruit saccadé des mécanismes bien huilés brisant le silence. Soudain, une lampe rouge s'alluma. Seizième pilier, quatrième colonne, soixante-quatrième rangée. Un point au milieu des milliers de cadrans, un simple point dans l'ombre, une simple diode brillante qui clignotait juste au-dessus de la montre incriminée. La lumière se voulait indicatrice d'une activité anormale. Pourtant le gousset fonctionnait toujours, dans le pâle halo rougeâtre qui le désignait comme coupable.

Si elle émettait encore son tic-tac rassurant, l'une des aiguilles semblait néanmoins incapable de se stabiliser et conservait les mouvements anarchiques qui avaient déclenché la première alerte. Le clignotement rouge s'accéléra encore et les griffes qui maintenaient le cadran en place s'écartèrent. Dans un dernier soupir, les rouages abandonnèrent la lutte et la lumière rouge s'éteignit, cédant la place à une veilleuse orangée. Le câble d'alimentation de la montre se débrancha automatiquement et les griffes cédèrent. La montre, libérée de toute contrainte, glissa silencieusement le long d'un tuyau situé derrière elle qui l'emmènerait jusqu'à l'atelier. Elle était déconnectée et désormais hors circuit.

Dans le hangar, ses semblables, par milliards, poursuivaient inlassablement leur décompte.

3

Le passage

À Evernight, les cauchemars cristallisent sous forme d'eau salée, comme les larmes. Ils forment de gigantesques océans où l'onde s'accumule, noire, opaque et inquiétante. Rien n'est plus dangereux que cette masse néfaste, mouvante, qui contient toute la peur et la rage des angoisses inconscientes. Et, parce qu'il est périlleux de s'y aventurer, cette immensité est souvent vierge de toute présence. Seule une entité est capable de s'y risquer : la tortue d'Aguarian.

La nuit était bien avancée quand la deuxième lune d'Evernight monta au-dessus du plus vaste de ces océans, éclairant de sa lumière rosée l'obscurité aquatique. Au milieu de ce monde liquide, un ronronnement grave se faisait entendre, s'élevant de la surface vers le ciel constellé d'étoiles. Aguarian, l'usine de raffinement des cauchemars, avançait lentement au milieu des vagues, fendant les flots avec sa régularité de mastodonte mécanique. Sous la lumière du second satellite, la forme titanesque de l'île-tortue se devina un instant au milieu de la masse mouvante avant de s'enfoncer de nouveau dans l'obscurité à la faveur d'un nuage. Le bruit des propulseurs s'entendait encore à mesure que l'usine s'éloignait. Partout dans les abysses, les Égrygors avaient appris à redouter et à fuir ce grondement. En tant que cauchemars provoqués par une multitude de dormeurs, ils étaient les seules formes de vie capables de survivre dans ces eaux délétères. Ils étaient les êtres d'Evernight les plus redoutés, des monstres contre lesquels il était presque impossible de lutter, et pourtant l'usine les tenait en respect. C'est dire si la réputation de la directrice d'Aguarian en imposait.

À l'intérieur du vaisseau, le cliquetis des robots à l'ouvrage se faisait entendre par-dessus les rumeurs plus indistinctes des moteurs en rotation. L'énergie des cauchemars était captée, filtrée, purifiée, torréfiée, concentrée, stockée, puis les scories en étaient expulsées en guise de force de propulsion, selon les secrets de traitements détenus par la seule maîtresse des lieux. North, une sucette entre ses lèvres minces, observaient de ses pupilles fendues la courbe de rendement.

Elle était affalée dans un fauteuil de cuir clair, les pieds sur les appareils de commande de son usine. Les manches de sa chemise blanche retroussées jusqu'aux coudes laissaient deviner sur son avant-bras les volutes mouvantes et les courbes noires de son Tulpa, en proie à l'agitation. Si la créature était de la même nature que les Égrygors qui nageaient au-dehors, il appartenait malgré tout à la jeune fille et ne la quittait jamais. Elle ne l'avait pas créé ; on le lui avait offert, et pourtant, depuis son arrivée à Evernight, c'était comme si cette invention faisait partie d'elle-même.

D'ordinaire, le Tulpa se contentait d'errer sur sa peau blafarde, se donnant des airs de tatouage mouvant, et pourtant il n'était pas purement décoratif. North en avait un parfait contrôle. Elle était capable de le projeter, de lui donner la forme qu'elle voulait, et ce sans avoir à dire un mot. C'était comme si ce petit cauchemar était une extension d'elle-même. Elle avait toujours été fascinée par les Égrygors et en avoir un, sur sa peau, entièrement soumis à sa volonté, était une source de fierté pour elle, quand bien même il s'agissait plutôt d'un motif de frayeur pour tous les autres habitants de ce monde. La réputation de la jeune fille s'était aussi construite sur son Tulpa et le terrible usage qu'elle pouvait en faire à tout instant. Et si le Tulpa lui conférait une aura un peu plus sombre et tenait en respect le reste du monde, cela lui convenait. Elle préférait être crainte plutôt qu'aimée.

Elle tapota sa peau, et la créature cessa ses mouvements frénétiques pour s'enrouler amoureusement autour de son doigt. Elle s'en désintéressa en souriant quand, une fois immobile, le Tulpa se mit à dégager une chaleur réconfortante.

North avait ôté sa veste de clergyman : dans son usine, elle se permettait une tenue plus négligée qu'à l'extérieur. Sur son épaule, son robot personnel, Numéro 1, attendait qu'elle lui réclame une nouvelle sucrerie, mais la jeune fille n'avait pris la précédente sucette que par habitude. Elle n'en avait pas vraiment envie et la mâchonnait à présent sans plaisir.

— Je m'ennuie…, râla-t-elle à voix haute. Je vais exploser les chiffres de rendement de Maximilien, mais qu'est-ce que je m'ennuie !

L'un des droïdes de maintenance qui vaquait à des occupations aussi fastidieuses qu'inintéressantes tourna sa diode unique vers elle en joignant un geste apaisant à sa voix mécanique.

— Vous pourriez récolter de l'énergie concentrée pour le Maître du Temps, afin qu'il puisse créer de nouvelles aiguilles, proposa-t-il aimablement.

North croqua rageusement dans sa sucette et Numéro 1 frémit de tous ses rouages.

— Interdiction de se lancer dans la fabrication de nouvelles aiguilles tant que l'instabilité de ces derniers jours n'aura pas été expliquée… Mac Claw ne plaisante pas du tout avec les montres de rêves. Si seulement je pouvais laisser Aguarian et aller voir Mathias, pour n'importe quelle raison, je ne demanderais pas mieux, tu le sais très bien. Stupide machine !

Le robot n'insista pas et la jeune fille, poussant un soupir dépité, s'abîma dans la contemplation des écrans de contrôle qui éclairaient sa peau blême.

Aguarian était l'usine la plus perfectionnée de tout Evernight. Conçue pour affronter les courants et naviguer dans l'océan sans s'y dissoudre, elle pouvait exploiter l'eau des cauchemars pour en tirer de l'énergie, à l'instar du Marchand de Sable et de son énergie des rêves fabriquée à partir des nuages. Et c'était North elle-même qui l'avait inventée... de quoi en tirer un peu de fierté. Sauf que, seule dans sa tortue géante submersible, les distractions n'étaient pas monnaie courante, surtout quand on avait pour unique compagnie une multitude de robots qu'on avait élaborés soi-même. Être originaire de l'an 4063 présentait sans aucun doute des avantages en matière de technologie par rapport à d'autres époques, même si ça n'allait pas sans quelques petits inconvénients. North sourit à cette idée. Elle frotta l'une des deux cornes qui perçaient son cuir chevelu et laissa ses pupilles de félin se dilater dans l'obscurité.

Elle ne serait jamais vraiment comme les autres enfants, qu'importait leur année de naissance. Malgré ses quatorze ans et son allure indubitablement humaine, quelques détails rappelleraient toujours qu'elle n'était qu'un hybride génétiquement modifié. La sucette explosa dans sa bouche sous la pression de ses dents et elle en broya rageusement les morceaux en se pelotonnant sur son fauteuil.

Mathias lui manquait. Elle allait se décider à trouver une fausse excuse pour gagner le Palais du Temps quand, soudain, un voyant d'un rouge agressif s'alluma sur le tableau de commande. Immédiatement, une sirène retentit dans le vaisseau, faisant lever la tête à tous les robots.

— Alerte ! Alerte ! Intrusion humaine en Evernight. Les scanners de contrôle sont positifs. Alerte ! Alerte ! Humain détecté dans le secteur quatre, U.A. Zone supérieure. Alerte ! Alerte ! Réveil non autorisé à Evernight.

Et de recommencer, en boucle. North bondit hors de son fauteuil et se pencha vers les écrans de contrôle, vérifiant en temps réel les informations qui défilaient sous ses yeux. Voilà qui allait un peu secouer l'ordinaire. Un nouveau réveil, et chez Max, en plus ! Elle ne put réprimer un sourire mauvais et serra les poings d'excitation.

— On n'est pas près de refabriquer des montres mais, enfin, on va rire un peu ! glousssa-t-elle.

Elle se redressa si vivement que Numéro 1 et sa réserve de sucettes glissèrent au sol et heurtèrent le métal de la cabine dans un grand bruit de tôle froissée plein d'indignation.

— Allez, on se bouge ! lança North à la cantonade sans accorder un seul regard à son robot personnel qui se débattait, les pattes en l'air, comme un gros scarabée immobilisé sur le dos. Machine arrière, toute ! Faites immédiatement suivre un rapport à l'Ordre, histoire de mettre l'incompétence de Max sous la grosse truffe de MacClaw. Et préparez-moi un véhicule ! Je veux pouvoir gagner le Palais de l'Ordre toute affaire cessante !

Elle rajusta ses manches et aida enfin Numéro 1 à reprendre sa place sur son épaule. Les instructions venaient à peine d'être transmises en salle des machines que North filait déjà dans les coursives d'Aguarian, ravie et souriante.

—Allons assister à la déconfiture du Marchand de Sable, ricana-t-elle en s'enfonçant dans les dédales de son usine. Ça, au moins, ça devrait être marrant.

La voix enveloppait l'enfant comme un murmure apaisant, proche de celui du ressac... comme un souffle rassurant qui lui évoquait vaguement son enfance, ou des sentiments plus lointains et plus insaisissables encore, mais qui éloignait tout danger. Il n'y avait rien à craindre, non, rien du tout.

Camille ne parvint pas, dans un premier temps, à reconnaître des mots dans les sons qu'elle entendait, encore moins à en comprendre le sens. La complainte suivait son propre rythme et reprenait, douce, légère, comme une caresse. Enfin, elle entendit les mots et reconstitua les phrases. Quelques vers en boucle, prononcés d'une voix si claire qu'elle ressemblait à une lumière pâle.

Cherche, cherche, dans tes rêves
Le chemin qui mène à celle
Qui brille quand le jour se lève
Et qui fait le temps immortel

Et, soudain, elle reconnut la voix, comme une explosion multicolore dans sa tête. Elle reconnut le flot des paroles et les accents chaleureux dans la chanson murmurée. Elle essaya de se tourner vers la source mais elle n'y vit qu'un camaïeu orangé à la lumière fragile.

—Maman ? murmura-t-elle malgré tout.

Les couleurs se fondirent dans un rose très tendre et le son s'éloigna.

La lumière rose l'enveloppait complètement. Ses paupières lui faisaient mal et la voix avait disparu, mais les vers résonnaient encore dans le silence. Un vent tiède joua avec une mèche de ses cheveux. Camille trouva son rêve bien étrange... Sous ses doigts, le sol avait la texture du coton. Elle cligna des yeux. Au loin, les dernières étoiles disparaissaient dans les lueurs du matin. Le ciel d'un noir bleuté laissait place à la pâleur de l'aube. Camille se redressa, et une légère brise, douce et iodée, lui caressa le visage. Elle écarquilla les yeux et oublia de respirer.

Elle se trouvait sur un nuage, lequel semblait gagner petit à petit de la hauteur dans l'azur irisé. Le vent poussait des cumulus pastel vers l'horizon, là où le soleil dardait ses premiers rayons. L'aube faisait naître des milliers de reflets changeants sur la surface d'un océan inconnu, étendu en dessous d'elle.

Des bancs de poissons colorés volaient dans le ciel matinal, réalisant une chorégraphie étrange et envoûtante. Aux confins, plongeant sous les courbes changeantes des stratocumulus, une énorme baleine exposait ses formes sombres aux premiers rayons.

Laissant échapper un chant étonnamment doux et clair, le mastodonte décrivit une large volte qui l'éloignait, arrachant de sa queue immense quelques volutes moutonneuses aux nuages colorés. Les notes cristallines se dispersèrent, vibrantes, jusqu'aux dernières étoiles. Camille cilla enfin.

Elle ne rêvait pas. Elle éprouvait la caresse du vent sur sa peau, elle sentait l'étrange mouvement de la vapeur d'eau sous sa main et ses jambes étendues et elle voyait avec une infinité de détails les lumières changeantes et les poissons multicolores. Elle savait qu'elle ne rêvait pas. Mais rien de ce qu'elle voyait ne pouvait être réel !

Imperceptiblement, elle se mit à trembler et elle rampa jusqu'au bord du nuage, n'osant pas se mettre debout. Lorsqu'elle se pencha avec mille précautions, le vent lui fouetta le visage et fit voler un instant ses cheveux en mèches désordonnées avant de la laisser effarée, comme suspendue au-dessus du vide. Elle se trouvait à une hauteur vertigineuse et elle se pétrifia, étourdie et le cœur battant, tandis qu'elle contemplait loin en contrebas les vagues minuscules à la surface de l'océan. Trois dauphins filèrent en flèche à quelques mètres d'elle, plongeant au milieu des cumulus, et s'éloignant vers le firmament en émettant toute une série de sifflements joyeux. Camille les suivit du regard, incapable de réagir. Le soleil s'éleva sur l'horizon, aveuglant la jeune fille de sa lumière. Camille se protégea les yeux et reprit ses esprits.

— Mais où est-ce que…

Elle n'acheva pas sa question, interrompue par l'incongruité de sa propre voix dans ce lieu. Et soudain, elle eut la certitude que rien de ce qu'elle voyait n'était un rêve. Elle était vraiment là, volant sur un nuage qui dérivait au milieu d'un ciel constellé de poissons et de marsouins, dans un lieu qui ne pouvait pas exister.

— Oh, mon Dieu ! souffla-t-elle en une seule longue syllabe, effrayée, avant de reculer loin du bord de son îlot vaporeux.

Elle jeta quelques regards autour d'elle, mais il n'y avait nul endroit où se réfugier, nul secours en vue. Elle disposait d'un espace relativement grand, mais comment savoir si celui-ci était partout suffisamment consistant pour supporter son poids ? Et si, en essayant d'avancer, elle passait au travers et chutait vers l'océan qu'elle avait vu, loin en contrebas ? Elle ne savait pas à quelle altitude elle se trouvait, mais elle avait une certitude : c'était de toute façon trop haut pour envisager de sauter. Une chute lui serait évidemment fatale. Camille se recroquevilla à cette idée et ramena ses jambes contre elle, les enserrant de ses bras frêles. Elle n'avait pas la moindre idée de la façon dont elle était arrivée là, ni de comment elle allait pouvoir se sortir de cette mauvaise posture. Toute sa volonté était tendue dans le seul but de faire le moins de mouvements possible.

Elle baissa la tête, se calant contre ses genoux. L'espace d'une seconde, elle espéra qu'on allait la réveiller et qu'elle serait dans sa chambre, sur le point de partir pour Édimbourg. Elle fut surprise de voir à quel point cette perspective lui semblait un bonheur inouï, compte tenu de la précarité de sa situation actuelle. Pourtant, elle savait bien que cela ne se produirait pas. Elle ferma les yeux.

— Mais qu'est-ce que je fais là…, laissa-t-elle échapper d'un ton piteux.

— C'est aussi la question que je me pose, lui répondit une voix glaciale.

4

Le Marchand de Sable

Camille se redressa si vite qu'elle en perdit l'équilibre et s'écroula en arrière, laissant échapper un cri de surprise. Celui qui venait de parler se trouvait juste derrière elle. À son grand désarroi, elle observa qu'il se tenait immobile sur une sorte de planche ovale qui planait à plusieurs mètres au-dessus du nuage. Elle le dévisagea d'un œil effaré, mais s'abstint de tout commentaire en remarquant le regard furibond qu'il posait sur elle. Le garçon la toisa tandis qu'elle rougissait, confuse. Même s'il n'avait pas l'air beaucoup plus âgé qu'elle, il semblait suffisamment en colère pour imposer le respect, voire la crainte. Il se pencha légèrement en avant et le drôle de plateau sur lequel il était juché glissa pour s'immobiliser à quelques centimètres du sol cotonneux. Il défit d'un geste les attaches qui maintenaient ses pieds à la planche et sauta sur la surface sans hésiter. Camille en resta bouche bée. Lorsqu'il se tourna vers elle, elle se raidit, mais il se contenta de pousser un soupir sonore.

— Pourquoi, mais pourquoi est-ce que ça tombe toujours sur moi ? s'exclama-t-il, prenant le ciel et les baleines à témoin. Quand un mioche égaré se réveille, tu peux être sûr que c'est pour ma pomme…

Camille mit quelques instants à comprendre qu'elle était le « mioche égaré » dont il était question et qu'on la traitait avec une légèreté inacceptable. Elle pinça les lèvres d'un air désapprobateur.

— Excusez-moi, demanda-t-elle poliment, mais qui êtes-vous ?

— Pour l'instant, je ne suis pas ton plus gros problème, répliqua-t-il d'un ton cinglant en décrochant de sa ceinture une sorte de boussole à clapet qu'il ouvrit d'un coup sec. Holà ! Contrôle ? Tâchez de me réanimer le lagomorphe alcoolique et de me l'envoyer sans délai dans le secteur quatre. En état de piloter, si possible !

Camille tressaillit quand une voix nasillarde répondit à travers l'objet que son camarade de nuage tenait toujours dans sa main.

— Tout de suite, Chef! répliqua-t-elle. Juste le temps de le réveiller. Et, tant que vous êtes dans le secteur quatre, patron, nos commutateurs d'activité ont révélé la présence d'un humain non autorisé dans les parages.

Le garçon jeta un coup d'œil écœuré à Camille et laissa échapper un rire froid.

— Non, vous êtes sûr? Un humain? railla-t-il. Et pourquoi suis-je déjà sur place, à votre avis, tas d'amibes décérébrées? Vous avez trois temps de retard, bande de crétins!

Il mit fin à la conversation en rabattant le clapet de la boussole d'un geste rageur, avant de se retourner vers «l'humain non autorisé» et de croiser les bras avec autorité.

— OK, à nous deux, mademoiselle. Comment t'es arrivée là?

Camille resta interloquée quelques secondes, puis rougit avant de se reprendre.

— Vous ne m'avez toujours pas dit qui vous étiez, dit-elle d'une voix sèche, sans parvenir à cacher qu'elle était au bord des larmes.

Le garçon haussa les sourcils et secoua la tête.

— Et voilà, se moqua-t-il, ça atterrit la bouche en cœur sans savoir comment c'est arrivé, ça vous crée des problèmes et, pour un peu, ce serait de ma faute !

Il se redressa et pointa un index accusateur dans sa direction.

— D'accord, respectons les bonnes manières ! Je commence les présentations d'usage et je vais même faire les tiennes, si tu veux ! dit-il avec véhémence. Je suis Maximilien, le Marchand de Sable, exploitant de l'énergie des rêves pour la société evernightienne. Et toi, tu es une gamine de je ne sais pas quelle époque qui, pour une raison qui m'échappe et dont je me fiche royalement, s'est réveillée du mauvais côté de la nuit et ce dans mon secteur !

— Du mauvais… côté de la nuit ? répéta Camille sans comprendre.

— Exactement ! confirma-t-il en étendant la main pour désigner l'immensité des nuages et la faune étrange qui sillonnait le ciel autour d'eux. Tu as l'impression d'être dans un parc d'attractions ou quoi ? Tu es à Evernight, de l'autre côté de la nuit ! Et la première des règles de ce monde, gamine, c'est que les humains n'ont pas le droit de s'y réveiller ! Mais, comme toutes les autres saletés de règles, personne ne les suit, on dirait ! Et devine sur qui ça va retomber ? Sur bibi ! Je te jure, quelle poisse…

Il parlait sur le ton de l'évidence, mais Camille s'indigna. On lui reprochait de ne pas avoir respecté une règle qu'elle ne connaissait pas et elle trouvait cela extrêmement injuste.

— Mais tu es un humain, toi aussi ! lui fit-elle remarquer en fronçant les sourcils.

— Ce n'est pas de moi qu'on parle, fillette ! l'interrompit vertement Maximilien. On parle de toi et des problèmes que tu vas avoir si on te trouve en état d'éveil non autorisé sur Evernight ! Sans compter les problèmes que moi je vais avoir si quelqu'un te trouve dans mon secteur. Tu n'as pas idée de la paperasse que ça représente.

Camille se moquait pas mal de donner du travail supplémentaire à ce malappris. Elle essayait surtout de comprendre la situation dans laquelle

elle se trouvait à partir de son discours décousu, et ce n'était pas chose facile. En face d'elle, Max se massa les tempes d'un geste las.

— Oh, misère…, maugréa-t-il. En plus, elle est longue à la détente…

Il rouvrit un œil pour poser sur elle un regard affligé, et Camille se sentit la personne la plus inutile, la plus gênante et la plus bête à jamais avoir posé les pieds sur un nuage. Elle rougit une nouvelle fois tandis que le garçon exhalait un nouveau soupir désespéré.

— De toute façon, on n'a pas trop le choix, affirma-t-il, parlant plus pour lui-même que pour elle. Si je veux éviter que l'Ordre s'en mêle, il faut bien que je te sorte de ce mauvais pas. Mon incroyable mansuétude me perdra. Je suis trop gentil.

Le soleil, dépassant un voile nuageux derrière Camille, éclaira davantage le Marchand de Sable qui plissa les yeux.

— Rappelle-moi comment tu t'appelles ? l'apostropha-t-il sans façon.

— Camille, répondit-elle aussitôt.

Elle eut envie d'ajouter quelque chose mais, ne sachant que dire, elle choisit de se taire.

— Bien ! Je t'explique le problème, Camille, enchaîna-t-il sans paraître noter son trouble. Vu que je me sens un peu responsable de toi et que je suis d'un naturel généreux, j'ai pris des mesures pour te sortir de ce mauvais pas. Parce que laisse-moi te dire que, si c'était l'Ordre et pas moi qui t'avais trouvée ici, tu serais dans de sales draps, et c'est le moins qu'on puisse dire. Donc j'ai mis en place une solution de repli. Mon vieil ami Dike, qui ne devrait pas tarder, va venir te chercher pour te conduire en lieu sûr. Mais après, si jamais l'Ordre venait à te mettre la main dessus, ce serait mal me remercier que de leur dire que je t'ai un peu aidée à t'enfuir, n'est-ce pas ?

Reconnaissant une question qui n'attendait qu'un assentiment, Camille se contenta de faire ce qu'on attendait d'elle et hocha la tête par réflexe.

— Parfait, poursuivit Max aussitôt. D'autre part, je ne dis pas que tu vas réussir à repartir, hein ! Je ne te promets rien. Moi, j'essaie juste de te sortir de ce mauvais pas. Voilà comment nous allons procéder. Je t'ai déjà appelé un moyen de transport à la fiabilité, euh… suffisante, qui te déposera à la Ville-Envers. Si tu es discrète, personne ne te posera de questions et tu n'auras pas de problèmes. Tu vas devoir agir vite, parce que, si mes systèmes t'ont repérée, ceux de l'Ordre ne mettront pas longtemps à en faire autant. Et là, ce serait la Berezina. Dike ne devrait pas tarder, donc écoute-moi bien. Une fois à la Ville-Envers, tu devras te rendre à la bibliothèque. Ce ne sera pas dur, c'est le bâtiment le plus reconnaissable de tout le pays ! Tu iras voir le rat de bibliothèque et tu lui diras que tu veux rentrer chez toi. Il te dénichera sans doute un livre qui explique comment les humains peuvent repartir. Enfin, disons que si un tel bouquin existe il est forcément là-bas, et que si quelqu'un peut t'aider c'est bien ce fichu rat.

— Un… rat ? demanda Camille, écarquillant les yeux.

Max lui jeta un regard agacé.

— Si les humains n'ont pas le droit d'être ici, qui peuple Evernight, à ton avis ? Des coccinelles géantes ? Oh, bon sang, qu'elle est nouille…

Camille était outrée par la façon dont Max lui parlait et elle était sur le point de le lui faire remarquer quand, soudain, un grand rugissement monta dans le ciel, porté par le vent. Il enfla rapidement, emplissant l'air de sons agressifs et inquiétants. La jeune fille se figea, cherchant la provenance du son. Max se contenta de lever la tête et de laisser s'épanouir un sourire carnassier sur son visage.

—Et voilà ton moyen de transport qui arrive. Bien ! Dike ne devait pas être complètement endormi ni en train de cuver s'il est déjà là. C'est parfait.

Camille était très loin de trouver la situation « parfaite ». Elle avait suivi le regard de Maximilien et venait d'identifier, dans les airs, l'engin à l'origine de ce terrifiant raffut. Et elle ne comprenait pas ce que c'était. L'appareil volait, approchant à une vitesse folle, et il était beaucoup plus gros qu'un oiseau. Il laissait échapper une fumée dense derrière lui et paraissait plus mécanique qu'animal. Mais quelle machine aurait bien pu voler ? Elle n'avait jamais vu une chose pareille ni entendu dire qu'il pouvait exister de tels engins. Camille chancela et esquissa un pas de recul, mais Max, au contraire, avança. Il fit des grands signes en direction du véhicule qui approchait, le moteur vrombissant.

— Ohé ! Dike !

L'appareil entama une manœuvre d'approche. Il ralentit, vira sur le côté, et tourna autour d'eux en laissant échapper une série de pétarades sonores. Camille se mit les mains sur les oreilles.

— Mais qu'est-ce que c'est que ça ? hurla-t-elle, tremblante.

— Un avion. A-vion. Tu viens de quelle époque, toi, pour ne pas connaître les avions ? lui demanda le Marchand de Sable en posant les mains sur ses hanches

C'était la deuxième remarque que Max lui faisait à propos de son époque d'origine. Cette fois-ci, Camille resta interloquée.

— Comment ça ? osa-t-elle demander tandis que « l'avion » s'approchait du nuage pour s'y poser comme un gros oiseau métallique.

Quelque chose en elle se brisa tandis que les roues de l'appareil faisaient voler des gouttelettes moutonneuses en tous sens alors qu'il se posait. La jeune fille prit alors violemment conscience qu'elle se tenait debout sur un nuage, dans un monde inconnu rempli d'engins volants et de baleines vivants dans le ciel. Depuis l'arrivée de Max, qui marchait tout à son aise, elle n'avait plus craint de passer au travers du cumulus. Tout lui apparut soudain terriblement anormal. Un vertige la saisit et elle se prit à songer au Londres qu'elle connaissait. Sa gorge se serra. Une pensée fugitive lui rappela que, dans ce Londres si familier qu'elle regrettait, elle ne connaissait qu'un simple quartier dont elle n'était jamais sortie…

—Quelle… époque…? répéta-t-elle, complètement perdue.

—Aucune importance! conclut Max, balayant ses paroles d'un geste désinvolte. De toute façon, tu vas y retourner fissa, fais-moi confiance. Dike!

L'engin s'était enfin immobilisé et les hélices s'arrêtèrent dans un grincement inquiétant. L'immense avion à la carlingue rouge sombre et partiellement rouillée frémissait encore de ses six ailes énormes et crachotait un reste de fumée nauséabonde. La porte latérale s'ouvrit et un individu gigantesque, vêtu de cuir, en descendit en toussant. Il attrapa une grosse gourde pendue à sa ceinture, y but à longues gorgées et s'essuya la moustache d'un revers de gant. Camille et Maximilien s'étaient suffisamment avancés pour que la jeune fille, en voyant les deux grandes oreilles du nouvel arrivant se dresser à leur approche, ait un hoquet de surprise. Le lièvre lui jeta un regard vide et grimaça.

— Par les cornes des lucanes, Max! cracha-t-il en pointant un doigt accusateur vers le Marchand de Sable avant de le reporter vers la jeune fille. Qu'est-ce que c'est que ça?

Max fronça les sourcils et haussa les épaules.

— Ouais, tu as encore oublié de lire ta feuille de route, hein, vieil ivrogne?

— Ton ordre était: « Viens vite. » J'ai pas lu le reste, lança Dike en agitant les oreilles, manifestement mécontent.

Camille était bouche bée. Le lièvre devait mesurer environ deux mètres de haut! Elle se recroquevilla en le voyant tourner son regard vers elle, mais Maximilien reprit immédiatement la parole, coupant court à tout ce que Dike aurait pu dire.

— Peu importent les raisons, voilà ce que tu vas faire. La jeune fille ici présente s'est égarée par chez nous. Tu vas l'emmener à la Ville-Envers en moins de temps qu'il ne t'en faut pour vider ta bouteille et ce sans poser de questions. Elle doit obtenir une entrevue avec le rat de bibliothèque pour qu'il lui indique comment rentrer chez elle. Et, surtout, elle doit quitter mon nuage. C'est clair ?

Dike bomba le torse, ce qui eut pour conséquence de faire gémir les coutures de son blouson en cuir.

— Je vais faire quoi ? Non mais tu es malade ?

— Pas de discussion ! gronda Max.

— Ooooh si, je vais discuter ! répliqua le lièvre en serrant le poing. Tu sais parfaitement ce qu'il en coûte de se rendre complice de la fuite d'un humain en situation irrégulière sur Evernight !

Maximilien plaça un auriculaire nonchalant dans son oreille et le secoua.

— Je n'ai pas bien entendu. Rappelle-moi qui verse la paie qui te permet de t'abrutir de vin de prune du matin au soir ?

Un silence gênant s'installa et Camille se sentit de trop une fois de plus. Elle se dandinait d'un pied sur l'autre tandis que Dike lui jetait des regards courroucés avant de revenir sur Maximilien qui attendait, bras croisés. Ce dernier sembla d'ailleurs choisir de prendre les choses en main, car il agrippa Camille par les épaules et la poussa sous le nez du pilote. Dike la considéra rageusement et semblait sur le point de se passer les nerfs sur elle, mais Max ne lui laissa pas le temps d'ouvrir la bouche.

— Allez ! On arrête de traîner et on décampe d'ici. Ça va bien, les pourparlers ! Tu fais ce qu'on te dit, Dike, et vite !

Le lièvre leva un index accusateur et vint l'agiter sous le nez de Camille, mais son regard furibond était cette fois-ci destiné à Maximilien.

— Ooh, toi ! Toi, tu vas avoir de gros, gros problèmes !

— Comme si ça changeait de mon quotidien ! répliqua Maximilien en souriant. Allez ! On file en vitesse avant l'arrivée de la cavalerie !

Dike saisit la main de Camille en secouant la tête et tira la jeune fille vers l'appareil sans ménagement. Une puissante envie de fuir étreignit cette dernière, mais elle se laissa faire malgré tout, marionnette aux mains – ne fallait-il d'ailleurs pas dire « pattes » ? – de son ravisseur.

L'intérieur de l'avion était spacieux, mais encombré de caisses et de bouteilles. Dike ne fit pas faire le tour du propriétaire à son invitée. Il tira sur une énorme manette qui enclencha la fermeture de la porte latérale, installa d'autorité l'enfant sur le siège passager, et prit les commandes. Un tableau de bord plein de boutons et de manivelles, dont l'usage semblait tout à fait obscur à Camille, s'étalait devant le lièvre. Ce dernier poussa quelques leviers, enfonça des touches et commutateurs, et ce si rapidement que ses gestes étaient presque flous. Aussitôt, les énormes hélices se mirent à tourner et le bruit, comme la fumée, emplirent l'habitacle. La carlingue tremblait de tous ses boulons.

Dike ajusta ses énormes lunettes sur ses gros yeux d'un geste expert et saisit le manche le plus volumineux de l'avion. Camille se pencha vers le hublot et devina Maximilien qui agitait les bras pour leur signifier de dégager.

— Tu vas en entendre parler, de cette histoire ! lui cria Dike en signe d'avertissement.

Max lui répondit d'un geste hautement expressif pour lui signifier à quel point la leçon en question lui passait au-dessus de la tête, puis il mit les mains en porte-voix.

— Fichez le camp tout de suite ! Et souviens-toi ! Le rat de bibliothèque ! Tu dois aller le voir !

Camille voulut hocher la tête mais n'en eut pas le temps car, dans une pétarade plus violente que les autres, l'avion s'élança. La vitesse qu'ils prirent en quelques instants fut telle que le cœur de Camille, terrifié, s'emballa lui aussi. Le ciel et les nuages défilèrent devant eux avec une rapidité fulgurante et, tout à coup, la jeune fille sentit dans son estomac ce vertige qui signifiait, sans erreur possible, qu'il n'y avait plus de sol sous les roues de l'appareil. Tout son corps se révolta à cette idée, mais la panique, plus grande encore que l'angoisse, la garda clouée à son siège. L'avion s'inclina et Camille laboura de ses ongles le cuir sur lequel elle était assise. L'espace d'un instant, elle entrevit dans la manœuvre Maximilien qui s'éloignait vers sa planche flottante, puis il disparut à son tour, remplacé par l'azur infini.

— Accroche-toi ! annonça Dike.

L'avion eut un soubresaut plus violent que les précédents et le vent fouetta le visage de l'enfant.

Il ne resta bientôt plus que l'air, omniprésent, qui lui arrachait des larmes, et les dernières lueurs de l'aube qui disparaissaient à l'horizon.

Sur son nuage, Maximilien regardait l'avion s'éloigner. Bon débarras.

En réalité, il avait bien peu d'espoir que Camille parvienne à trouver un moyen de rentrer chez elle grâce au rat de bibliothèque, mais cela n'avait guère d'intérêt pour lui. Elle avait quitté son secteur et c'était le plus important : quelqu'un d'autre devrait assumer les conséquences de cette malencontreuse intrusion. Il se passa la main dans ses cheveux fauves pour en chasser la poussière déposée par les moteurs crasseux lors du décollage et secoua la tête en soupirant.

— C'est toujours sur moi que ça tombe !

Écrire sans cesse des rapports à ce sujet lui était devenu insupportable. Certes, quand les enfants s'éveillaient sur le secteur de North – et cela arrivait rarement –, nul n'avait à s'en soucier. Piégés dans l'océan, ils se dissolvaient instantanément à leur arrivée. Quelle injustice crasse ! Grâce à ce découpage géographique arbitraire, North n'avait jamais de rapports à remplir, elle…

Cependant, Maximilien avait eu de la chance que sa collègue n'ait pas noté l'arrivée de cette humaine, sans quoi l'Ordre aurait ordonné une enquête immédiate. Il en était là de ses réflexions et achevait de préparer son départ, espérant rejoindre l'usine au plus vite, quand sa watchlike émit un « bip » qui lui fit grincer des dents. Il la couvrit avec la main, mais le petit appareil de communication entre l'Ordre et les responsables d'usine n'allait pas se laisser éteindre de la sorte.

— Appel prioritaire, appel prioritaire. Humain non autorisé réveillé dans le secteur quatre. Signal perdu : évasion supposée. Réunion immédiate des responsables au Conseil de l'Ordre pour un rapport d'événement. Votre présence est obligatoire, je répète…

Max souleva le clapet de protection de sa watchlike et, voyant que l'alerte provenait du Palais de l'Ordre, leva les yeux au ciel…

— Poutremort, encore raté…

Dans le lointain et les ultimes vapeurs de l'aube, l'avion disparaissait en direction de l'ouest.

5

Mac Claw

Le Palais de l'Ordre, immense structure volante aux allures de temple asiatique, flottait nonchalamment entre les nuages. Il se dressait, solennel, ses bannières rouge sang claquant au vent, et conservait toute sa noblesse malgré l'assaut dont il était victime. Partout autour de lui, le ciel evernightien était en proie à une agitation incontrôlable. Le flux incessant de bourdons de combat et de papillons-messagers formait une nuée sombre qui lui donnait l'air de quelque gigantesque animal malhabile harcelé par des insectes.

Sur les plates-formes d'atterrissage, l'activité était à son comble. C'était partout des frelons géants, des guêpes de combat, des belettes s'égarant dans tous les sens et des cris incompréhensibles.

Ces dernières, harnachées d'armures rutilantes, échangeaient des plaisanteries tout en vaquant à leurs occupations. L'ambiance était plutôt détendue et agréable mais, au cœur de la cohue, il y avait pourtant au moins une personne qui manifestait ouvertement son mécontentement. Maximilien affichait une mine revêche et jetait des regards noirs à tous ceux qui tentaient de lui dire bonjour. Il ne faisait pas bon être convoqué au Palais de l'Ordre, surtout pour un réveil d'humain. Le Marchand de Sable le savait parfaitement.

En arrivant, il n'avait pas été surpris de constater que North l'avait précédé. Elle marchait à présent à côté de lui, un sourire sarcastique aux lèvres, tandis que tous deux se rendaient sur le pont supérieur. Contrairement à Max, qui était toujours habillé de vêtements aussi disparates qu'improbables, North était tirée à quatre épingles, vêtue d'une chemise immaculée et d'une veste noire cintrée assortie à son pantalon à pinces. Elle aimait s'habiller comme un homme d'affaires du XXe siècle et Max était forcé de reconnaître que cette allure de garçonne lui allait bien ; l'air espiègle et supérieur qu'elle affichait, beaucoup moins.

— J'ai hâte de voir comment tu vas justifier ton comportement, cette fois-ci ! dit-elle tranquillement, moqueuse. Je suis persuadée que tu y es pour quelque chose et je savoure par anticipation le moment où les conséquences vont te retomber dessus.

— Pourvu qu'elles pèsent moins lourd que toi ! répliqua Maximilien avec un regard condescendant. Ça m'embêterait de me froisser une côte.

Le sourire de North disparut et elle se crispa.

— Dis donc, gros malin ! lança-t-elle. Je te signale que j'ai parfaitement perçu l'alerte depuis Aguarian et je suis formelle, elle provenait bien de ton secteur ! De plus, je n'avais même pas encore quitté l'usine que le signal m'informait qu'un brouillage empêchait la localisation de l'humain. Quelqu'un a volontairement effacé sa trace et l'a aidé à s'enfuir. Tu ne vois pas de quoi je parle ?

— Du tout, minauda-t-il en lui adressant son sourire le plus ravageur et en insistant sur le clignement de cils.

North réprima l'envie soudaine de gifler son interlocuteur et serra les dents. Le rétrécissement de ses pupilles n'échappa pas à Max.

— Gentil, minou ! lança-t-il en tapotant le dessus du crâne de sa voisine.

North écarta sa main d'un geste rageur.

— Tu n'échapperas pas à tes responsabilités, Max ! cracha-t-elle avec dédain. Le rapport que j'ai envoyé ne laisse aucune place au doute ! Tu peux toujours nier, mais c'est quand même un peu gros ! On va voir comment tu te débrouilles pour expliquer…

— Expliquer, c'est le mot, gronda une voix d'une gravité peu commune.

Maximilien et North relevèrent la tête de concert. Ils étaient arrivés devant la porte de la grande salle et MacClaw les y attendait, les dominant de toute sa hauteur, bras croisés et regard furibond derrière son monocle. Manifestement, le chef de l'Ordre était très en colère. Maximilien pointa l'index vers North et haussa les épaules.

— C'est elle qui parle de surcharge pondérale, hein, pas moi.

Si Mac Claw avait effectivement une carrure imposante, c'était surtout parce qu'il était tout en muscle et un autre que Maximilien y aurait réfléchi à deux fois avant de se permettre une telle plaisanterie. Mesurant près de trois mètres, le regard sombre et la fourrure argentée, l'immense tigre aurait pu arracher la tête de chacun des deux enfants d'un seul mouvement de patte, et ce sans avoir eu plus d'ambition que de chasser une mouche. Pourtant, même dans ce cas, il ne se serait trouvé personne pour croire à un accident. Il était de notoriété publique que Mac Claw ne demandait pas mieux que d'arracher la tête des humains et que seule la volonté de l'Autorité mettait un frein à cette joyeuse perspective. Le tigre grogna, avertissant clairement le Marchand de Sable qu'il n'était pas d'humeur à rire. Du reste, ses yeux d'un bleu polaire montraient suffisamment combien cette alerte lui était désagréable.

— Vous êtes en retard, Maximilien !

— Hey ! s'offusqua ce dernier. Pourquoi moi et pas elle ?

— North est arrivée bien avant vous. Elle est seulement allée vous chercher à la plate-forme !

Max se tourna vers sa voisine, espiègle.

— Je te manquais, ma puce ?

North s'étrangla de rage, mais Max recula hors de portée d'un coup de griffe. À raison : sa voisine était au tiers aussi féline que MacClaw et aussi vindicative quand elle le voulait.

— J'étais pressée de te voir ramener ta fraise et subir une humiliation méritée, plutôt !

— Oh, ça..., dit négligemment Max en haussant les épaules.

— Cessez vos enfantillages ! ordonna MacClaw en se détournant, prenant la tête du groupe en direction de la salle de réunion.

— C'est-à-dire que, techniquement, nous sommes des enfants, rappela Max, toujours mutin.

Un coup de coude dans les côtes envoyé sans préavis par North le fit taire immédiatement. Il lui jeta un regard assassin qu'elle lui rendit et ils emboîtèrent le pas à MacClaw.

— De toute façon, il semble que le Maître du Temps soit encore plus en retard que vous, cette fois-ci, lança MacClaw en agitant sa queue avec agacement.

— Mathias n'est pas arrivé ? s'enquit North, surprise.

— Pas encore, non… et il n'a pas non plus accusé réception de l'alerte d'éveil, ce qui est tout à fait inhabituel.

North fronça les sourcils mais garda le silence, tandis que Max bâillait ostensiblement à côté d'elle.

— Et d'abord, Mac Claw, depuis quand fait-on une réunion quand un enfant s'éveille de notre côté, hein ?

— Depuis que vous vous amusez à les laisser prendre la tangente dans la clandestinité, Maximilien !

Ce dernier ouvrit de grands yeux faussement choqués.

— Qui ça, moi ? Je m'inscris en faux ! Jamais je n'aurais permis une telle chose ! assura-t-il, la main sur le cœur.

— Gardez vos réclamations pour plus tard, quand je serai d'humeur à les entendre ! menaça le tigre. Ce n'est pas le cas pour l'instant. Vous êtes bien le seul à vous amuser à risquer une catastrophe comme celle de la Ville des Glaces en laissant des humains errer à Evernight sans aucun contrôle !

Maximilien allait répliquer mais, pour la seconde fois, le coude de North trouva silencieusement ses côtes et il se radoucit, sans lâcher prise pour autant.

— Quand bien même, c'est à l'Ordre de retrouver les intrus, MacClaw ! rappela-t-il. Donc votre travail, et pas le nôtre !

— Ne jouez pas sur les mots, Maximilien, et ne perdez pas de vue à qui vous vous adressez !

— Pas de risque, vu la place que vous prenez.

Le tigre gronda une nouvelle fois et Max se mordit la langue. MacClaw entra dans la grande salle et alla s'asseoir dans le fauteuil à sa mesure qui dominait la longue table au centre de la pièce. Maximilien et North, quant à eux, prirent place chacun d'un côté. Max se cala immédiatement au fond de son siège et croisa les jambes en posant les pieds sur le plateau de bois rouge, au grand dam de North. MacClaw ignora la provocation, y compris quand Max croisa les bras derrière la tête. Il avait d'autres préoccupations que l'insolence du Marchand de Sable.

— La situation devient réellement alarmante, reprit-il en posant ses robustes pattes sur les accoudoirs, avec la même assurance que s'il venait de s'asseoir sur un trône. L'orphelinat déborde d'enfants égarés. La quantité de montres qui se déconnectent ne fait qu'augmenter, malgré une accalmie de courte durée qui nous laissait espérer le contraire… On a relevé un taux d'activité irrégulière atteignant jusqu'à soixante-sept pour cent ! C'est la première fois que nous atteignons des chiffres aussi élevés, et c'est pour cela que je dois pouvoir compter sur votre collaboration pleine et entière.

— Dans ce cas, ne faudrait-il pas plutôt demander des comptes à Mathias ? demanda Max.

Comme chaque fois qu'il s'attaquait à Mathias, Max reçut la réponse cinglante de North dans la demi-seconde.

— L'humain est apparu dans ton secteur ! N'essaie pas de rejeter la faute sur les autres, Max, et assume tes responsabilités ! Ça changera !

— En même temps, répliqua ce dernier en fronçant les sourcils, quand ils arrivent chez toi, c'est surtout qu'ils ne survivent pas longtemps !

— Maximilien !

La voix tonitruante de Mac Claw balaya la salle et fit taire instantanément les deux intervenants, qui ne s'en regardèrent pas moins en chiens de faïence quelques instants encore. Le tigre soupira et se massa les tempes.

— L'Ordre s'occupera de cette histoire d'instabilité des montres. Ce n'est pas de votre ressort, ni vous, Marchand de Sable, ni vous, Vendeur de Nuit. Seul Mathias aura à en répondre, effectivement, et cela ne vous concerne en rien.

Il leva son énorme patte pour interrompre North qui avait ouvert la bouche pour intervenir et poursuivit.

— Quoi qu'il en soit, Maximilien, il ne fait cependant aucun doute dans votre esprit, j'espère, que vous devrez prendre en charge la responsabilité de l'arrivée de l'humain qui nous a été signalée aujourd'hui.

Maximilien se redressa tandis que, de l'autre côté de la table, North se détendait imperceptiblement.

— Une seconde, Mac Claw ! protesta Max en fronçant les sourcils. Vous n'avez aucune preuve que cet humain ait atterri chez moi ! Et, d'ailleurs…

— Ne vous fatiguez pas ! le coupa sèchement le Maître de l'Ordre en faisant signe à trois de ses belettes qui étaient entrées un peu vivement dans la pièce et hésitaient à présent à troubler la réunion. Le rapport que North m'a envoyé dès le début de l'alerte indique sans conteste que l'alarme provenait de votre secteur. Secteur quatre, en exploitation. Secteur où vous vous êtes rendu aussitôt, Maximilien ! Votre watchlike en attestera si nous le vérifions, n'est-ce pas ? Estimez-vous heureux que je ne vous demande qu'un rapport sur cette arrivée, et que je ne cherche pas à savoir comment l'humain incriminé a pu quitter votre zone d'exploitation sous vos yeux !

Les belettes, leur armure cliquetant au rythme de leurs pas, s'étaient avancées. Elles remirent à MacClaw une missive extrêmement grande en regard de leur taille et qui parut dérisoirement petite entre les pattes titanesques de leur supérieur. Tandis que celui-ci prenait connaissance du message, North affichait un sourire vainqueur face à Max, qui avait perdu de sa superbe.

— Très bien, j'ai compris, conclut ce dernier d'un ton méprisant. Je vous le rédigerai, votre rapport.

— J'y compte bien ! assena MacClaw sans se départir de son calme. J'attends de le lire avec une réelle impatience.

Max se crispa, mais choisit de garder le silence tandis que North lui adressait un clin d'œil moqueur. Au bout de la table, le tigre soupira en posant le message que les belettes lui avaient remis.

— Il semble que vous ne soyez pas le seul à vous faire attendre, Maximilien. Cette lettre provient du Palais du Temps. On m'y avertit que Mathias est injoignable et qu'il ne pourra être des nôtres… Malgré tout, j'ai d'ores et déjà envoyé une équipe chercher la montre déconnectée et j'ai bon espoir que nous pourrons retrouver son propriétaire dans les plus brefs délais.

— Il n'y a pas de raison qu'on n'y parvienne pas, confirma North en s'adossant à son siège. L'Ordre a toujours su mener à bien ce type de recherches, avec ou sans l'aide de Mathias. Et…

Elle jeta un coup d'œil taquin à Max, qui rongeait son frein en face d'elle.

—… vous savez que, si vous avez besoin d'aide, vous pourrez toujours compter sur nous.

—Mais bien sûr ! appuya Max.

Son ton sarcastique n'échappa à personne, mais Mac Claw se contenta de hausser les épaules.

—Nous verrons. Dans tous les cas, je souhaite que ce genre d'incident, et surtout ce type de fuite, ne se reproduise plus. Vous voyez ce que je veux dire, Maximilien, n'est-ce pas ?

—Ouais, ouais, c'est limpide, grommela l'intéressé.

—Je l'espère, dans votre intérêt, insista le tigre en essuyant son monocle avant de le remettre en place non sans adresser au Marchand de Sable un regard sévère.

Max l'ignora ouvertement et ouvrit les bras, dans un geste d'impuissance.

—Soyons honnêtes, pour une fois. Vous savez parfaitement que l'exploitation de l'énergie des rêves comme celle des cauchemars n'est pour rien dans ces réveils. Seul l'agencement des montres personnelles peut avoir une influence sur ce problème !

Mac Claw agita sa longue queue.

— J'en suis pleinement conscient, gronda-t-il. Mais quand vous facilitez la fuite d'un enfant pour échapper à un rapport…

Max bondit, mais le Maître de l'Ordre l'arrêta d'un geste.

— … ou quand vous envisagez de le faire, vous nous empêchez de le renvoyer chez lui. Nous pourrions le faire en quelques instants, si nous disposions de sa montre et de sa personne ! Au lieu de cela, nous voici avec un humain en vadrouille et les conséquences pourraient être dramatiques pour tout le monde. J'espère pour vous qu'il n'en sera rien ! Ces enfants sont une menace ! Ils sont dangereux, que vous le vouliez ou non ! Quand l'accepterez-vous enfin ?

Maximilien fronça les sourcils et un silence lourd de conséquences tomba sur la salle. Un instant, le jeune garçon et le tigre se mesurèrent du regard, puis Max cilla et hésita à peine quelques secondes avant de répondre, d'une voix froide et mesurée.

— Quand vous accepterez de vous rappeler, de votre côté, que les trois enfants autorisés à rester sont ceux grâce auxquels votre monde fonctionne, chaton.

Le temps suspendit son vol et nul n'esquissa le moindre geste, mais à la main crispée de Max, MacClaw devina sans peine qu'il n'emporterait pas la victoire et s'engageait dans une discussion difficile. Il se contint d'autant mieux qu'il savait que Max avait raison. C'était bien les trois usines principales qui avaient permis le développement d'Evernight, et elles avaient été créées par des humains. De plus, si MacClaw lui-même était en charge de l'Ordre, la présence de ces trois gamins était due à la volonté de l'Autorité. C'était au-delà de sa juridiction.

— Je ne l'oublie pas, dit-il d'une voix posée. Mais votre cas est et doit rester une exception… vous en êtes bien conscient, au moins ?

— Parfaitement, répondit Max, les nerfs à vif.

La leçon de morale que le chef de l'Ordre avait envisagé d'assener devenait délicate à délivrer et il préféra l'ajourner. Le message principal, lui, était passé. C'était déjà ça.

En outre, le tigre n'avait plus vraiment le temps d'essayer de dresser Maximilien. Il savait que, si le Maître du Temps ne pouvait accompagner son escouade, lui-même se devrait d'être présent lors de la récupération de l'humain. Il hésita encore une seconde avant de lâcher prise.

— Bien. Je suppose que, dans ce cas, les enjeux sont clairement définis pour nous deux et que nous n'avons plus rien à nous dire.

Aussitôt, il vit Max se détendre, comme chaque fois qu'une réunion prenait fin. De son côté, North attendait les instructions en bon petit soldat, droite et fière. MacClaw lui adressa un signe de tête. Elle sourit en retour et s'inclina légèrement. Le tigre reporta son attention sur le Marchand de Sable.

— Maximilien, j'attends votre rapport sur mon bureau au plus vite, énonça le chef de l'Ordre. Quant à vous, North, votre surveillance des éveils a prouvé son efficacité. J'espère que vous me comprendrez si je vous dis que j'attends de vous une réactivité et un sérieux semblables à ceux dont vous avez déjà fait preuve si une nouvelle entité venait à s'éveiller.

— Bien entendu, répondit-elle simplement.

Le Maître de l'Ordre jeta un ultime regard à Max, mais ce dernier le lui rendit, impénétrable. Inutile de s'entêter.

— Dans ces conditions, nous pouvons ajourner cette séance et attendre que Mathias puisse être des nôtres. Je vous libère.

Les deux enfants se levèrent dans un même mouvement et saluèrent sobrement Mac Claw avant de se diriger vers la sortie. Le tigre les regarda s'éloigner sans bouger un poil et soupira lorsqu'ils eurent quitté la salle. Il n'appréciait pas du tout que des humains aient un rôle important dans le ciel d'Evernight, mais il ne pouvait aucunement s'y opposer et il devait prendre garde à ne pas se les aliéner. Une révolte des enfants était la dernière des choses qu'il aurait voulu provoquer. L'Autorité n'apprécierait pas et cette perspective lui arracha une grimace.

Mac Claw était certes le chef incontesté de l'Ordre mais, comme toute entité evernightienne, il dépendait en tout et pour tout du jugement de l'Autorité. Il ne pouvait en aucun cas influencer les décisions de cette dernière, pas plus qu'il ne pouvait entamer de négociations. L'Autorité ne l'aurait pas permis.

Il se leva à son tour et, plongé dans ses pensées, se dirigea vers les bureaux de réception des papillons-messagers. Il voulait savoir si son équipe était bien arrivée au Palais du Temps et ne prêta aucune attention aux salles qu'il traversait ni à l'attention qu'il attirait forcément au vu de sa carrure.

Une belette en armure qui l'aperçut alors tenta de lui faire un signe de la patte, mais elle était gênée dans ses mouvements par son casque trop grand et le tigre ne la vit pas. Elle fut contrainte, malgré sa petite taille et ses pas forcément plus courts que ceux du tigre géant, de tout mettre en œuvre pour rattraper son chef.

Ce dernier fendait la foule du couloir à contre-courant, soucieux. Il ne s'arrêta qu'une fois dans la salle des communications. Des dizaines de belettes affairées géraient les équipes de l'Ordre dispersées en Evernight pour diverses missions. Si l'arrivée des humains dans ce monde avait rendu l'exploitation de l'énergie des rêves plus efficaces, la nomination du tigre aux commandes de l'Ordre avait également été un progrès indéniable pour l'institution. L'idée de cette salle centralisant les mouvements de chaque équipe était peut-être de Mathias, mais son optimisation n'avait été atteinte que grâce à la poigne de Mac Claw.

Il repéra instantanément la belette qui gérait l'équipe partie pour le Palais du Temps et s'approcha d'elle.

— Mylord ! couina celle qui l'avait suivi essayant de capter son intérêt.

Elle maintenait son casque trop grand en équilibre d'une main, essoufflée mais soulagée d'être enfin arrivée à la hauteur de son supérieur.

— Plus tard ! répondit ce dernier sans lui accorder un regard.

— Mais, Mylord, c'est un code bleu ! insista l'importune.

Mac Claw s'immobilisa et se raidit.

— Quoi, maintenant ? La même journée qu'un réveil d'humain ?

Il se tourna vers le garde qui tentait vainement de reprendre son souffle à ses pieds et se saisit du papier que ce dernier lui tendait d'une patte tremblante. Il y posa à peine les yeux. Une courbe y était tracée. En temps normal, le tracé aurait dû être un mince trait que de légères vagues auraient ponctuellement agité mais, sur ce rapport, il semblait plutôt pris de frénésie et des écarts d'une amplitude impressionnante s'y dessinaient. Difficile de nier le danger. Il s'agissait bel et bien d'un code bleu, et de ceux qui donnent des sueurs froides aux plus optimistes des habitants d'Evernight. Il ne manquait vraiment plus que ça pour clôturer la journée en beauté. Une journée qui venait pourtant à peine de commencer…

— Dans quel secteur ?

— Plein est, souffla la belette en remontant son casque.

MacClaw n'hésita pas. Il s'était demandé si sa présence serait requise pour la récupération de l'humain, mais une alerte bleue dans le même secteur rendait toute hésitation superflue. La seule chose qui l'intéressait, désormais, était de parvenir à trouver North avant qu'elle n'ait quitté le Palais de l'Ordre.

6

Alerte aux cauchemars

Maximilien avait rejoint la zone d'envol du Palais de l'Ordre en pestant. Il fermait les fixations de sa planche de lévitation quand un bruit de pas derrière lui l'informa qu'il n'était plus seul. Il se retourna, et sentit une pointe d'irritation le gagner.

— Si je ne te connaissais pas aussi bien, je penserais que tu as fait tout ce cirque juste pour échapper à tes responsabilités, lança North d'une voix égale.

— Ne parle pas de responsabilités, tu vas te griller un neurone, répliqua-t-il d'un ton cinglant.

Le claquement de ses attaches résonna dans le silence et il sourit en pensant que North, derrière lui, devait bouillonner. Il ne se trompait pas.

— Max, ça commence à bien faire, lâcha-t-elle enfin alors qu'il se relevait. Ton comportement risque de nous attirer des problèmes, et tu le sais ! Peut-être que tu t'en fiches, mais je ne tiens pas à être chassée d'Evernight parce que tu as choisi de n'en faire qu'à ta tête.

Ils abordaient là une discussion que Max connaissait par cœur et il savait qu'il n'arriverait pas à faire comprendre son point de vue à la jeune fille. Il se devait pourtant d'essayer, comme à chaque fois. Maximilien poussa un profond soupir et lui jeta un regard par-dessus son épaule. Les mots acerbes qu'il s'apprêtait à prononcer restèrent coincés dans sa gorge. North avait vraiment l'air inquiète. Il tâcha de se souvenir de ce qui l'attendait, elle, si elle était renvoyée dans son présent, mais la réalité le rattrapa aussitôt. Cela ne se produirait jamais. Il ne le supporterait pas. Ce n'était pas d'une leçon de morale dont elle avait besoin, mais d'être rassurée.

— Tu as signé un contrat, North, dit-il lentement. Et ce contrat stipule que tu n'as pas le droit de repartir. Mais, quand tu as apposé ta griffe en bas de la feuille, peut-être ne savais-tu pas encore lire ?

Il aurait voulu que sa remarque soit dénuée de tout sarcasme, mais c'était impossible… Il n'arrivait pas à s'empêcher d'être désagréable, surtout quand il s'adressait à la jeune fille. Il s'en trouva désespérant.

— Épargne-moi tes persiflages ! répondit North, piquée. Tu sais parfaitement que notre présence ici ne plaît pas à tout le monde, à commencer par MacClaw. Nous ne sommes pas indispensables.

Max eut un sourire froid et plissa les yeux.

— Parle pour toi ! Je suis à l'heure actuelle le seul ici qui sache exploiter l'énergie des rêves. Et, sans vouloir te brosser dans le sens du poil, l'exploitation de l'énergie des cauchemars a quand même pris une autre ampleur depuis que c'est toi qui t'en occupes. C'est en tout cas ce que je me suis laissé dire… Bon, bien entendu, ça restera toujours inférieur à ma propre production, mais…

— Hey ! protesta aussitôt North.

— … mais c'est sans commune mesure avec ce que les autochtones parvenaient à obtenir avant ton arrivée.

North garda le silence, cherchant le piège, mais Max restait impassible. Elle fut obligée de reconnaître qu'il avait raison. Contre toute attente, il était sérieux, ce qui ne lui arrivait pas souvent.

— Evernight ne compte pas se passer de nous, North, conclut-il d'un ton sec. Ni de toi, ni de moi, ni de Mathias. Nous ne sommes pas autorisés à rester ici, c'est plus subtil que ça. Nous sommes condamnés à demeurer à Evernight éternellement. Et c'est ce que nous avons voulu ! Nous avons tout fait pour ça.

Un sourire triste se posa sur les lèvres du jeune garçon.

— C'est ce que nous avons souhaité de tout notre cœur, pas vrai ?

Un instant, North fut prise au dépourvu et ne sut que répondre. Le Tulpa, sur son bras, s'agita doucement. Elle posa la main dessus. Max pouvait passer de l'ironie à la résignation en si peu de temps qu'il la laissait chaque fois interdite. À choisir, elle le préférait quand il faisait preuve d'un cynisme exaspérant.

— Techniquement, dit-elle, si nous leur posons plus de problèmes que nous ne leur apportons d'avantages, l'Autorité n'hésitera pas trois secondes à nous réexpédier d'où on vient.

Max balaya cette remarque d'un geste méprisant.

— Peuh ! dit-il en secouant la tête. Les problèmes, c'est toujours moi qui les provoque, tu n'es pas près d'être inquiétée. Alors ne fais pas comme si mon départ potentiel t'inquiétait.

— Quelle réjouissante perspective, effectivement, répondit-elle en souriant.

Ce commentaire agaça Maximilien, qui se retint d'envoyer à sa collègue une réponse cinglante.

— Chassez le naturel…, grogna-t-il pour lui-même.

Un bruit de métal leur fit tourner la tête et Max laissa échapper un gémissement de désespoir en voyant MacClaw approcher, escorté de quatre belettes en armure.

— Je suis surpris de vous voir encore là, Maximilien ! lança-t-il dès qu'il aperçut le Marchand de Sable. Il me semblait pourtant avoir été clair… Où en êtes-vous dans la rédaction de votre rapport ?

— OK. Ça va, j'ai compris le message ! râla l'interpellé en plaçant ses lunettes de vol sur son nez. Considérez que je suis déjà parti !

Il enclencha le moteur à lévitation de sa planche et s'éleva lentement avant de filer à une vitesse folle vers le ciel et les nuages proches. Il disparut très vite, laissant derrière lui un parfum d'herbe coupée et de chaleur estivale.

Ce surf volant, qu'il avait lui-même mis au point, fonctionnait avec de l'énergie de rêves. Il y était solidement fixé, pour éviter de chuter à la moindre embardée et de finir des centaines de mètres plus bas dans l'océan de cauchemars. North se surprit à souhaiter pouvoir, un jour, faire un tour dessus. L'idée lui arracha un sourire. Jamais Max ne le lui permettrait : il avait déjà refusé de le prêter à Mathias...

— Bien, si vous n'y voyez pas d'inconvénients, je vais également retourner à mon usine, dit-elle en se tournant vers le tigre géant.

— Pas encore, North. J'étais venu pour vous voir, lui répondit ce dernier, l'air soucieux. Il semble que j'aie encore besoin de vous.

— Ah ?

La jeune fille fronça les sourcils et prit machinalement le papier que le Maître de l'Ordre lui tendait. MacClaw patienta calmement pendant qu'elle prenait connaissance de la courbe. North grimaça.

— Mais qu'est-ce qui leur prend ? murmura-t-elle en suivant des yeux les pics d'activité.

— C'est une bonne question. J'ai demandé aux belettes qui étaient sur le chemin du Palais du Temps d'aller voir sur place et l'agitation est réelle. L'océan n'est plus qu'un bouillon inquiétant dans cette zone.

North se crispa davantage.

— Que font des cauchemars aqueux si près des côtes ? C'est anormal…

— D'autant qu'ils semblent se déplacer dans une direction bien précise : ils se dirigent vers Riorim, la Ville-Envers.

— Mais ça n'a pas de sens ! protesta-t-elle, incrédule.

La jeune fille saisit sa watchlike et se connecta avec Aguarian. MacClaw la laissa procéder à quelques vérifications et attendit patiemment. Il ne fallut pas longtemps au Vendeur de Nuit pour confirmer ce que l'Ordre avait détecté. Les informations en provenance de l'usine allaient dans le même sens.

— J'obtiens un diagramme similaire de la part des capteurs d'Aguarian, admit finalement North en se raidissant.

Mac Claw hocha la tête.

— Et, toujours d'après mon équipe, la montre de l'humaine pointe également vers Riorim. Non seulement ça ne me dit rien qui vaille mais, en plus, je trouve la coïncidence troublante.

North hocha la tête. Elle reconnaissait l'étrangeté de la situation, mais elle ne voyait pas le lien entre les deux événements.

Les humains n'avaient aucun pouvoir sur les Égrygors, hormis elle-même. Aucun autre ne pouvait de la sorte attirer à lui les cauchemars aqueux. Le fait que ces derniers se dirigent vers la ville était très inquiétant. Mac Claw avait insisté sur les risques encourus par Evernight lorsqu'un humain s'y réveillait. Une attaque de Riorim par les Égrygors était justement le genre d'événements qu'il fallait éviter à tout prix. Avoir Mac Claw sur le dos était une chose, mais risquer le courroux de l'Autorité était bien plus gênant. De plus, si Max portait la responsabilité de la présence de l'humain, North, quant à elle, devrait assumer toutes les conséquences des actions des Égrygors. Elle serra les dents.

— Il faut que je me rende sur place. Si quelque chose les rend agressifs, je dois le découvrir.

Mac Claw découvrit deux crocs impressionnants dans un sourire.

— Je n'en attendais pas moins de vous, North. Je compte moi-même gagner Riorim. Nous ne serons pas trop de deux si nous devons gérer à la fois la récupération de cet enfant et une attaque d'Égrygors !

North cilla.

— J'espère bien qu'ils n'attaqueront pas…, souffla-t-elle.

Mac Claw ne répondit pas. Il se mit en marche, immédiatement suivi de North et des belettes. Il ne croyait pas au hasard. Même si, comme North, il ne voyait pas encore quelle pouvait être la relation entre les deux événements, l'attaque et la fuite de l'humain devaient être liées. L'espace de quelques secondes, il repensa à la catastrophe de la Ville des Glaces, et son poil se hérissa. Il n'aurait pu supporter qu'un tel drame se produise deux fois. Cependant, à l'époque, ils n'étaient pas préparés. À présent, ils avaient des moyens d'agir, dont l'efficacité avait été démontrée, et Mac Claw n'hésiterait pas une seule seconde à les employer.

Le tigre jeta un coup d'œil à North, toujours plongée dans ses pensées. Elle marchait d'un pas rapide, sans doute inconsciemment, pour se maintenir à sa hauteur. Il se radoucit. Peut-être que tous les humains ne méritaient pas la haine qu'il leur vouait. Peut-être que certains valaient qu'on les respecte… mais ils se comptaient sur les doigts d'une patte. Et ils n'en étaient pas moins dangereux que les autres, s'efforça-t-il de se rappeler en s'effaçant pour laisser le Vendeur de Nuit monter dans la nacelle du bourdon de combat.

7

La Ville-Envers

L'avion effectua une courbe lente autour d'un nuage aux reflets rosés, puis il piqua vers le bas pour éviter un vol de marsouins. Camille ne savait plus où donner de la tête. Dans un premier temps, elle s'était cramponnée à son siège, craignant chaque seconde ce vide qu'elle savait être en dessous d'elle. Puis elle s'était sentie nauséeuse et avait même cru qu'elle allait être malade. Dike lui avait aussitôt donné une bille violette à croquer en lui disant de bien mâcher. Il avait clairement signifié qu'il ne lui pardonnerait jamais si elle vomissait dans son avion. Peu à peu, les grondements et soubresauts dans son estomac s'étaient apaisés. Finalement, le paysage qui défilait l'avait amenée à oublier son malaise persistant au profit d'un légitime émerveillement.

Camille n'avait jamais vu avant tous ces animaux qui volaient près de l'avion. Elle en avait observé des illustrations, bien sûr, mais être environnée de dauphins siffleurs et de poissons exotiques évoluant en plein ciel valait cent fois mieux que contempler leur silhouette en deux dimensions sur de simples feuilles. Leur danse, qui se déroulait juste devant ses yeux, la laissait complètement interdite et admirative… même si Dike n'avait pas laissé l'enfant perdre de vue ce qui était vraiment important.

— Laisse-moi te dire que si Max n'avait pas insisté tu ne serais pas là, gamine ! l'avait-il informé dès que l'avion avait pris de l'altitude. En arrivant à Evernight, tu t'es mise toute seule dans un sacré pétrin. Il n'y a pas de temps à perdre, il faut que tu rentres chez toi.

Camille avait failli protester, mais ses bonnes manières avaient repris le dessus et elle avait tenu sa langue. Tout lièvre qu'il était, elle avait décidé que Dike représentait une autorité « adulte » et qu'elle n'avait pas à le contredire. Le fait que Max, un enfant, se soit imposé face au pilote l'avait bien interloquée, mais c'était un garçon... Peut-être les garçons en avaient-ils le droit, eux.

Du reste, le lièvre ne lui avait pas laissé le temps de réfléchir. Il avait énuméré les risques qu'il courait à aider une humaine et cela avait mis Camille dans tous ses états. Elle commençait à se voir comme une fugitive à qui il arriverait mille maux si jamais l'Ordre, sorte de groupuscule obscur rappelant les policiers londoniens, venait à lui mettre la main dessus. Dike lui avait fait prendre conscience de la gravité de son vœu et elle ne ressentait plus depuis lors que le désir viscéral de rentrer chez elle. Être hors la loi dans un monde parallèle n'était pas du tout le genre de situation qu'elle avait souhaité la veille au soir, ni de celles qu'elle se sentait capable d'assumer.

Le pilote, qui avait constaté que ses paroles avaient porté, gardait le silence et laissait sa passagère s'emmurer dans ses pensées. Désormais convaincu que Camille mettrait tout en œuvre pour repartir aussi rapidement que possible, il s'estimait satisfait. Avec un peu de chance, ils auraient rallié la Ville-Envers d'ici quelques minutes et la petite disparaîtrait avant que l'Ordre ne s'en mêle. En admettant que Maximilien ait raison et que le rat de bibliothèque puisse l'aider à rentrer…

Dike ne savait trop que penser de l'idée de Maximilien, mais il préférait croire que le Marchand de Sable avait raison. C'était tout de même la meilleure solution pour éviter les problèmes. Lui-même ne voyait pas bien en quoi un fondu de lecture pouvait en savoir davantage qu'un humain sur le sujet mais, en toute honnêteté, il ne s'estimait pas maître en la matière.

Un éclat un peu vif sous le soleil levant attira son regard et il devina soudain les aiguilles de Riorim qui se dessinaient derrière les nuages colorés. Dike soupira de soulagement et se retourna vers Camille.

— Regarde à gauche ! cria-t-il en désignant les flèches lumineuses.

Avant qu'elle ait pu répondre, il amorça une nouvelle courbe et tourna autour de la ville immense, sublime, étendue en contrebas sur l'océan.

— C'est… incroyable ! laissa échapper Camille en écarquillant les yeux.

Dike n'en attendait pas moins. Riorim était posée sur l'eau comme un immense nénuphar aux pétales acérés. Elle étendait ses pointes dans toutes les directions, donnant l'image d'une rose des vents aux angles relevés de pics. Chaque bord était protégé par un titanesque mur d'enceinte, et des tourelles s'élevaient tout autour de la ville, érigeant leurs créneaux et leurs dômes dans le ciel matinal.

Au centre de la cité, une flèche immense se dressait, atteignant une hauteur vertigineuse, comme un pistil démesuré. Face à eux, Camille devina un espace ouvert sur les flots, coloré et animé, et reconnut ce qui ressemblait à une place aux dimensions extraordinaires, mais elle n'eut pas le temps d'en voir plus. Quand l'avion piqua, la vitesse qu'ils prirent fut soudain telle qu'elle sentit des larmes de froid couler toutes seules sur ses joues. Elle préféra s'abriter, mais n'entendit pas moins Dike qui pavoisait.

— Tu as vu ? C'est Riorim ! La Ville-Envers ! Elle se dresse autant au-dessus qu'au-dessous de l'eau ! expliqua-t-il en gérant sa manœuvre avec une habileté toute relative. C'est l'une des plus belles villes d'Evernight… et c'est aussi la seule qui soit sur l'océan ! C'est que les Égrygors sont dangereux, tu comprends...

Non, Camille ne comprenait pas, mais elle n'écoutait pas vraiment. Elle ne posait pas de questions non plus. Le vent et la vitesse la contraignaient plutôt au silence et elle n'avait aucune envie de répondre à son interlocuteur tant que l'avion descendrait à cette allure en direction de la ville.

Finalement, Dike redressa l'engin pour aborder la phase d'approche avec plus de délicatesse. Camille osa se redresser et fut surprise de voir à quel point la ville lui semblait gigantesque à présent qu'ils s'en étaient rapprochés.

Tout autour d'une zone plate et dégagée qui semblait destinée à l'atterrissage, des bourdons d'une taille phénoménale voletaient dans un grand bruit d'ailes, portant entre leurs pattes velues des marchandises, ou abritant sur leur dos des passagers aux costumes chatoyants. Encore en dessous, sur un sol dallé de blanc, des gigantesques lucanes tiraient des chariots pleins de marchandises variées, de tonneaux luisants et de caisses ficelées.

Tout l'endroit bruissait d'une agitation permanente, et des dizaines d'animaux vaquaient à leurs affaires, où que porte le regard. Camille constata, de plus en plus surprise, que la plupart d'entre eux étaient des rongeurs au pelage clair, habillés et bavards, qui s'interpellaient à haute et intelligible voix d'un bout à l'autre du ponton. Même le bruit de l'avion de Dike ne couvrait pas la rumeur montant du sol. Les cris et les discussions arrivaient jusqu'à elle dans une pétillante confusion.

La jeune fille se redressa davantage, hésitant entre l'émerveillement et la crainte, mais dans son esprit d'enfant le premier ne tarda pas à l'emporter haut la main. Un bourdon, passant plus près de l'avion que les autres, leur envoya un violent courant d'air qui la décoiffa et la fit sourire. Que ce monde soit inquiétant ou non, il restait extraordinaire. Le regard brillant, elle se tourna vers Dike.

— C'est incroyable ! répéta-t-elle, faute de trouver des mots plus appropriés pour exprimer ses sentiments.

— Ouais, sans doute, convint Dike, trop occupé par son atterrissage pour accorder plus d'attention à sa passagère. Mais tu n'auras pas le temps de rester bouche bée à regarder autour de toi. Nous sommes arrivés à bon port; ça ne veut pas dire que tu es sortie d'affaire pour autant. Laisse-moi te dire que tu n'as pas de temps à perdre.

Dans un ultime soubresaut, l'avion heurta le sol un peu durement avant de s'immobiliser, ses hélices sifflant encore avec colère. Camille poussa un petit cri, effrayée par la brusquerie de l'atterrissage. Cependant, voyant que Dike se levait sans attendre que la rotation des pales ne stoppe, elle en fit autant. Elle ne tenait pas à le mettre de nouveau en colère. Voyant sa mine inquiète, il l'attrapa par les épaules et lui fit un clin d'œil complice avant de l'entraîner avec lui vers la sortie.

Quand la porte s'ouvrit, le chahut devint assourdissant. Les badauds, commerçants, voyageurs et autres individus échangeaient des ordres et des protestations par-dessus la marche cliquetante des scarabées de transport. Les couleurs, les odeurs, le vacarme, tout s'imposait avec une netteté telle que Camille avait du mal à faire le tri entre ses différentes sensations. Personne sur le débarcadère ne s'intéressait à eux. Les usagers du ponton ne s'occupaient que de leurs marchandises, de leurs employés, ou de mener à bien des tâches diverses et variées, comme jouer aux dominos, nourrir les bourdons ou fumer la pipe. La foule intimidait Camille, qui voulut se presser davantage contre Dike. Peine perdue, ce dernier avançait sans ralentir et, dès qu'ils furent en pleine lumière, il se tourna vers le soleil levant avant de désigner une tour ronde et colorée, qui s'élevait au loin.

— Tu vois ce bâtiment, là-bas ? demanda-t-il en se penchant vers elle. C'est la bibliothèque. On la voit d'où que l'on soit à Riorim. Si tu te diriges en te fiant à elle, tu ne pourras pas te tromper. C'est là-bas que se trouve le rat que tu dois aller voir.

Camille n'eut pas le temps de répondre. Surgissant de derrière l'avion comme un diable hors de sa boîte, un campagnol aux vêtements sombres les interpella, son carnet à la main.

— Il est strictement interdit de se poser sur ce ponton ! les interrompit-il avec véhémence. Vous avez une autorisation, au moins ?

Dike grogna et décida d'ignorer l'importun.

— Si on te pose la moindre question, réponds invariablement que tu te rends à la bibliothèque pour trouver de la documentation. Personne n'insistera et tu parviendras sans peine jusqu'au rat. Mais le mieux, c'est que tu ne te fasses pas trop remarquer et que tu évites de parler aux gens. C'est bien compris ?

— En plus, c'est un véhicule de classe A ! s'étrangla le rongeur derrière eux. Je veux voir votre autorisation et votre plan de vol !

Une nouvelle fois, Dike fit la sourde oreille, mais Camille pouvait voir sans peine qu'il commençait à s'échauffer à un frémissement de la moustache très expressif. Malgré tout, le pilote n'accorda aucune attention à la remarque ni à celui qui l'avait émise.

— Allez ! dit-il à Camille en la poussant en avant. Il est temps que tu y ailles. Surtout, sois prudente. N'oublie pas ce que je t'ai expliqué si on t'adresse la parole ! Tu vas chercher de la documentation, et c'est tout ce qu'il y a à savoir. Ne te perds pas, et ne parle pas plus qu'il ne faut !

Camille ouvrit la bouche, cédant à la panique en voyant que Dike allait la laisser y aller seule, mais le campagnol avait accaparé le pilote. Pas le moins du monde intimidé par la carrure du lièvre, deux fois plus haut que lui, l'animal furibond s'était planté sous son nez et lui postillonnait sur le museau.

— Votre autorisation ! Je veux la voir tout de suite !

— C'est-à-dire que…, commença Dike en faisant signe à Camille de filer.

Cette dernière obéit à contrecœur et s'éloigna sur le ponton en regardant fréquemment derrière elle. La discussion semblait s'envenimer mais, même si cela n'avait pas été le cas, elle savait que Dike ne l'aurait pas accompagnée et elle le déplorait. La tour lui paraissait si loin ! Elle ne voyait pas comment elle parviendrait à se rendre jusque là-bas toute seule.

Autour d'elle, l'agitation était effrayante. Partout, des gerbilles, des mulots et autres souris s'interpellaient ou murmuraient en agitant leurs oreilles, haussant les sourcils sans cesser de la regarder du coin de l'œil. La jeune fille n'osait pas les dévisager franchement, mais elle ne pouvait s'empêcher de jeter des coups d'œil rapides autour d'elle. Le débarcadère paraissait n'abriter que des habitants animaux. Elle s'aperçut vite que les insectes, bien plus grands que ceux auxquels elle était habituée, servaient de bêtes de somme à une population poilue, moustachue et bariolée. Des bourdons géants passaient sans cesse au-dessus d'elle, masquant le soleil en portant d'un bout à l'autre du débarcadère des caisses de marchandises dans un grand bruit d'ailes, et de gros scarabées de transport maladroits la frôlaient à chaque seconde, menaçant de la déséquilibrer. Camille tâchait de se frayer un chemin au milieu de la foule hétéroclite, qui s'évertuait apparemment à faire le plus de bruit possible. Elle n'en revenait pas de se retrouver ainsi tout à coup au milieu d'une population aussi sonore que colorée, et elle éprouvait une étrange sensation d'étouffement. Elle accéléra le pas, pressée de gagner l'extrémité du ponton et de s'éloigner de cette confusion, mais elle déchanta bien vite une fois sur place : la ville était également en pleine effervescence.

Les pavés blancs de Riorim brillaient comme des écailles nacrées au soleil. Des senteurs florales et épicées montaient de l'étalage des boutiques où s'activaient les vendeurs à la criée, et une rumeur folle parcourait la ville. Camille cligna des yeux et, malgré sa peur, passa la porte de la cité. Les maisons, immenses et colorées, étaient reliées par des guirlandes de lampions qui couraient d'un balcon à l'autre. Les façades ouvragées lui rappelaient les villages d'Asie dont elle avait vu des représentations dans ses livres. Elle ralentit et poursuivit son chemin le nez en l'air, incapable de tout embrasser d'un regard, étourdie par la foule qui se pressait dans toutes les directions et observant, bouche bée, la frénésie d'une ville au petit matin. Quand elle déboucha sur la grande place, elle devina les raisons de cette agitation en s'apercevant, ébahie, qu'elle venait d'arriver un jour de marché. Elle avait eu tort de s'inquiéter. Ici, le chahut qui régnait était tel qu'elle passa complètement inaperçue au milieu des marchands et des passants.

— Encornets farcis aux noix ! criait un marchand dont l'étal se composait majoritairement de plats cuisinés odorants. Vous avez un petit creux ? Vous ne trouverez pas mieux !

— Six dreams la livre de seiche sauvage ! répondit un autre commerçant quelques stands plus loin. Cherchez sur toute la place, messieurs dames, c'est le meilleur prix de tout Riorim ! C'est véritablement donné, n'hésitez pas !

Camille, intimidée, longeait les étals en inspirant l'air par à-coups. Le vent charriait des senteurs de friture et de sel. Un souriceau la suivit de ses grands yeux ronds, apparemment aussi surpris de la voir qu'elle l'était de se trouver là. Il tira sur la jupe de sa mère, qui négociait de gros fruits orange, et dit en la montrant du doigt :

— Maman, maman ! Regarde ! C'est une humaine !

La mère le sermonna, lui rappelant qu'il était impoli de parler des étrangers de la sorte, mais Camille s'était déjà éloignée, rouge de confusion. Sa fuite s'arrêta quelques mètres plus loin, quand elle percuta de plein fouet un marchand qui transportait une caisse d'escargots nains et qu'elle le renversa.

— Vous ne pouvez pas faire un peu attention, non ! beugla-t-il en exhibant deux longues incisives jaunes et en ramassant ses mollusques qui fuyaient avec leur lenteur caractéristique.

— Excusez-moi ! bafouilla Camille en s'éloignant rapidement.

Elle suffoquait à présent, les joues rouges, les mains tremblantes, perdue dans une ville trop différente de Londres. Elle pensa brièvement que même le pensionnat aurait été moins effrayant que cette virée dans un monde si étrange. L'émerveillement premier avait finalement laissé place à la panique.

Les larmes montèrent, sa gorge se serra, mais elle refoula son désespoir et pressa le pas, essayant de traverser la place en faisant abstraction de tout ce qui l'entourait et de ce que les rongeurs autour d'elle disaient. Elle avait peur, bien plus que jamais auparavant, mais elle ne pouvait pas, cette fois, se réfugier dans sa chambre et échapper pour quelques heures à la réalité. Son seul salut était cette tour, loin devant elle. La bibliothèque, celle-là même où elle pourrait peut-être trouver le moyen de rentrer chez elle. Baissant les yeux et fuyant les passants, Camille gardait comme point de mire dans sa fuite le dôme brillant sous le soleil. Les rongeurs, indifférents, la laissaient passer sans réagir.

Pourtant, il était un individu qui, du haut de la terrasse d'une maison proche, ne perdait rien de son avancée. Posté sur le rebord d'une corniche, le personnage soupira en la voyant obliquer dans les rues du quartier des tisserands. Elle avançait vite, mais pas assez. Il connaissait la façon de procéder de l'Ordre et il savait que les sbires de MacClaw avaient déjà pris possession de la montre. Ils se dirigeaient probablement en ce moment même vers la Ville-Envers. Il serra le bord du toit de ses grandes pattes griffues et rajusta son masque encombrant sous sa capuche d'un geste malhabile.

Bon, elle est là, c'est déjà pas si mal.

Il avait bien anticipé la réaction du Marchand de Sable et, quand bien même ce dernier n'aurait pas agi comme il l'aurait souhaité, il y avait toujours un moyen de localiser l'humaine égarée… Pour l'heure, cela ne semblait pas nécessaire. Ce qui allait être essentiel, par contre, c'était de préparer la diversion. L'individu masqué se redressa et, sifflotant, il retira une petite fiole de son habit. Il en avait déjà vidé une semblable peu de temps auparavant mais, comme il n'y avait pas eu de réaction, son inquiétude le poussait à envisager de doubler la dose. Il n'hésita pas longtemps.

Le flacon, à l'aspect cuivré, était scellé d'un bouchon de cire qu'il fit sauter d'un coup de griffe.

— C'est la dernière, mais c'est aussi la fin du jeu de piste, grommela-t-il en répandant devant lui la poudre sombre, qui s'éparpilla au gré du vent.

Il regarda les particules dessiner quelques volutes dans l'air matinal, s'égarant au-dessus de la place du marché, et se prit à sourire.

Un ou deux Égrygors devraient suffire à occuper Mac Claw, se dit-il, prophétique, en quittant le toit pour mieux disparaître dans l'obscurité des ruelles.

8

Le rat de bibliothèque

Lorsque Camille parvint enfin à rallier la bibliothèque, elle hésita un instant avant d'oser emprunter les marches qui la séparaient de l'imposante double porte. Le bâtiment se dressait devant elle, impressionnant : immense, cylindrique, tout en enchevêtrement de pierre et de verre. Il accrochait au passage les rayons du soleil levant sur sa coupole d'un bleu superbe. C'était sans conteste le plus bel édifice que Camille avait vu de toute sa vie. Des marches colossales montaient en paliers jusqu'à l'entrée et le marbre blanc jetait des éclats éblouissants sur toute la façade. De la porte entrouverte, des souris à lunettes entraient et sortaient sans cesse, et nombre d'entre elles étaient plongées dans leurs livres et ne paraissaient pas disposées à s'intéresser à une humaine en vadrouille. Quelques-unes qui passèrent près de l'enfant réagirent pourtant, mais ce fut pour pester dans leurs moustaches contre les gens qui restaient plantés là et qui gênaient la circulation. Camille ne les entendit pas.

La jeune fille était terriblement intimidée par la magnificence du lieu. Elle tremblait en songeant qu'il allait lui falloir une sacrée dose de courage pour oser rentrer là-dedans. Malgré tout, elle finit par comprendre qu'elle attirait l'attention en restant immobile devant l'édifice. Camille baissa alors les yeux avant d'entreprendre de gravir l'escalier d'un pas régulier. Elle atteignit bien trop vite à son goût la porte massive et toqua timidement. Elle prit aussitôt conscience de la stupidité de son geste. Impossible d'entendre de l'intérieur un bruit aussi faible. Elle prit une grande inspiration et passa la tête dans l'ouverture.

— Excusez-moi ? appela-t-elle, hésitante.

Le son de sa voix se perdit dans la longueur de la salle. Quand bien même elle eût parlé trois fois plus fort, le résultat aurait sans doute été le même tant le hall dans lequel elle se trouvait à présent était immense. Camille essaya de contenir son inquiétude et entra dans la pièce d'un pas mal assuré, jetant des regards de bête effarouchée un peu partout.

Le hall était à la dimension de la tour. Sa surface circulaire était occupée, çà et là, de recoins destinés à l'attente de ceux qui avaient une requête précise pour le bibliothécaire. Des sofas confortables aux couleurs chatoyantes étaient disposés à intervalles réguliers, certains encadrant de petites tables sur lesquelles quelques revues avaient été laissées à la disposition des lecteurs. Des plantes vertes disposées près des murs meublaient la pièce en étendant leurs larges feuilles dans toutes les directions. Elles ne ressemblaient en rien à celles que Camille connaissait. Par endroits, des pots en céramiques décoratifs trônaient sur des socles ouvragés. Ils étaient aussi grands que les souris et les rats qui passaient devant.

Partout, les usagers de la bibliothèque marchaient, vite ou lentement selon qu'ils étaient en train de lire ou pas, discutaient à voix basse et s'engageaient dans les nombreux escaliers qui partaient dans toutes les directions. Un bureau en bois sombre, à l'extrémité opposée de la salle, semblait attendre les visiteurs. Camille avança sur les dallages luisants, ses mains serrées contre elle. Elle gagna le comptoir d'un pas rapide. Le claquement de ses talons sur les carreaux résonnait dans le hall, lui donnant l'impression de faire un bruit de tonnerre et lui mettant le feu aux joues.

Derrière le bureau, une hermine au pelage d'un blanc immaculé consultait une fiche de retrait d'un regard sceptique et claquait ses petites dents pointues avec agacement. Devant le comptoir, un surmulot chargé d'énormes grimoires se dandinait d'une patte sur l'autre, incertain. Apparemment, c'était après lui que l'hermine en avait. Camille se posta sagement derrière lui et attendit son tour.

— Qu'est-ce que c'est que ça ? finit par demander la secrétaire en agitant le papier sous le nez du surmulot. C'est une erreur de classement ! Ces livres-là ne vont pas au premier étage, mais au troisième sous-sol ! Vous ne savez donc plus lire les ordres de compartimentation ?

— Je suis désolé ! bafouilla le surmulot en se dandinant davantage.

Impossible de savoir s'il s'agitait ainsi parce qu'il était gêné ou parce que le poids des volumes qu'il portait commençait à lui peser. L'hermine lui indiqua très précisément où ranger les manuscrits et Camille attendit en silence tandis que les instructions se suivaient, rendant les consignes plus confuses les unes que les autres.

— Et ne les faites pas tomber ! acheva l'hermine d'un ton terrible en agitant l'index tandis que le malheureux porteur s'éloignait en zigzaguant.

L'hermine tourna enfin ses yeux perçants vers Camille. L'animal cilla, mais ne dit rien. Camille se racla la gorge.

— Excusez-moi de vous déranger, je… euh… je cherche le rat de bibliothèque…

— Le rat de bibliothèque ? répéta l'hermine en fronçant son fin museau. C'est l'orphelinat qui vous envoie pour une recherche, je suppose ?

Camille allait bafouiller une réponse peu convaincante quand l'hermine la devança, lui évitant ainsi de se trahir.

— Il doit être au premier sous-sol, dit-elle en désignant un escalier. Vous le trouverez sans mal, c'est celui qui s'agite en criant le plus fort.

Elle sourit à l'enfant. Camille essaya de lui rendre son sourire, mais elle fut parfaitement consciente que tout ce qu'elle parvint à afficher fut une grimace crispée. Elle la remercia du bout des lèvres et se dirigea vers l'endroit indiqué, le cœur battant à tout rompre. Pourvu que le rat l'aide à rentrer chez elle et qu'elle n'ait pas à parler à qui que ce soit d'autre, elle s'estimerait très heureuse.

Les marches en colimaçon menant aux étages inférieurs s'enfonçaient dans l'épaisseur même du mur. Étant donné que Riorim était posée sur l'eau, Camille fut à peine surprise de voir qu'une lumière bleutée envahissait l'espace autour d'elle à mesure qu'elle descendait mais, quand elle atteignit le premier sous-sol, elle prit quelques minutes pour observer les lieux.

— Waouh…, laissa-t-elle échapper pour la énième fois de la journée.

Evernight n'était sans doute pas un monde très rassurant, ni très accueillant, mais sa beauté était indéniable. La bibliothèque lui en fournissait une nouvelle preuve.

Cet étage était entièrement occupé par une grande salle de lecture. D'immenses baies vitrées s'ouvraient sur la masse sombre et miroitante de l'océan. La majeure partie de la lumière provenait du soleil visible à travers l'onde. La surface était encore toute proche mais, en regardant vers les abysses, on devinait une obscurité insondable bien plus proche encore. Derrière les vitres enchâssées dans des arabesques de fer forgé, l'eau semblait glisser, vide de toute vie. Les poissons de cet univers volaient bien au-dessus des vagues. Camille se surprit à se demander, l'espace d'une seconde, quels êtres pouvaient bien peupler les profondeurs. Derrière, dans l'eau, elle devinait les autres bâtiments de Riorim qui, comme la bibliothèque, étaient à demi immergés dans l'océan. Le tout baignait dans une douce clarté bleue, ponctuellement ornée d'étoiles sous-marines qui n'étaient autres que les fenêtres illuminées au loin sous la surface. Camille était certaine de n'avoir jamais rien vu d'aussi enchanteur de toute sa vie.

La pièce qu'elle surplombait était recouverte de tapis colorés aux dessins superbes. Des étagères se dressaient partout dans la salle, formant un véritable labyrinthe de bois et de papier, contenant plus de livres qu'elle n'aurait pu en lire en une vie. Et il ne s'agissait là que d'un des nombreux niveaux du bâtiment ! Partout, des rongeurs s'activaient, portant de lourds volumes ou cherchant, perchés au sommet d'escabeaux coulissants, une œuvre perdue au milieu des autres. Des tables massives accueillaient des lecteurs plongés dans leurs études, qui disparaissaient parfois derrière les piles formées par les ouvrages qu'ils avaient rassemblés. D'imposants candélabres diffusaient une douce lumière à travers de surprenants globes de verre où il était impossible de distinguer la moindre bougie. Camille observait tout cela en descendant lentement les dernières marches, et elle fut bientôt arrivée au niveau de la salle, émerveillée et conquise. Une douce odeur de bois, de cire et de parchemin montait dans l'air, se mariant étrangement bien aux frémissements de l'eau sur les immenses vitres.

La jeune fille avait toujours eu un goût très prononcé pour la lecture. Pourtant, elle avait rarement eu autant envie de parcourir les rayonnages, d'observer les livres et d'en ouvrir quelques-uns, juste pour les toucher. Malgré tout, elle ne céda pas à la tentation. D'une part, elle ne devait pas attirer l'attention sur elle et, d'autre part, elle n'avait pas de temps à perdre. Si la moitié de ce que Dike lui avait dit à propos de l'Ordre était vraie, il fallait de toute urgence qu'elle trouve le moyen de rentrer chez elle.

Renonçant à son envie de s'intéresser aux étagères, elle chercha plutôt à identifier le rat de bibliothèque. Comme on le lui avait annoncé, elle n'eut aucun mal à le reconnaître parmi la foule de rongeur : il lui fallut quelques secondes à peine pour le trouver. Le rat mesurait deux fois la taille de toutes les souris qui l'entouraient. Le poil plus sombre, plus gris et d'apparence plus rêche aussi, il était plus richement vêtu et siégeait au milieu d'elles comme un maître en sa demeure. Assis sur un siège à sa mesure, il tenait un long papier dans une main et une plume dans l'autre et il s'adressait à ses subalternes avec véhémence, au mépris de toutes les règles en usage dans les bibliothèques. Tout en ponctuant son discours de grands gestes, il agitait sa queue annelée avec la virulence de celui qui tient à être entendu. La secrétaire avait eu raison : on n'entendait que lui.

— Où est passé ce volume de botanique Evernightienne ? hurla-t-il tandis que Camille parvenait à sa hauteur. Il n'aurait jamais dû quitter la bibliothèque ! Bande d'incapables, ce livre est interdit de prêt, vous ne le savez donc pas ?

— Mais, votre sournoiserie…, tenta un minuscule hamster à ses pieds.

— Rien du tout ! cracha le rat en se dressant à demi. Aucune autorisation, même émanant de l'Autorité, ne saurait vous accorder le droit de faire sortir des livres de MA bibliothèque sans MON avis ! Retrouvez-moi l'emprunteur et ramenez ce volume ici ! Demain matin, il doit être de retour !

— Bien, votre sournoiserie ! capitula le hamster en tremblant avant de filer sans demander son reste.

Le rat avisa alors Camille qui s'était rapprochée. Il fit taire un de ses conseillers et se leva pour aller vers elle, la démarche lourde, s'empêtrant dans les plis de sa longue tunique pourpre. Il rajusta son chapeau d'une main et ses lunettes de l'autre en se penchant vers l'enfant.

— Tiens ? dit-il, apparemment plus intrigué que surpris. Une humaine, ici ? L'orphelinat ne m'a pas prévenu.

— Excusez-moi, osa Camille en serrant compulsivement ses mains, vous êtes bien le rat de bibliothèque ?

Il la toisa quelques secondes, puis opina de son museau pointu.

— C'est exact, petite, c'est bien moi. C'est bien l'orphelinat qui t'envoie ?

Camille hésita, mais il valait mieux ne pas essayer de mentir. Elle savait que, si elle s'empêtrait dans une histoire invraisemblable, elle serait démasquée aussitôt.

— Pas exactement, répondit-elle d'une petite voix. C'est que, voyez-vous, je viens d'arriver et je voudrais rentrer chez moi, alors on m'a dit de venir vous voir.

Le rat garda un silence interloqué, la toisant sans comprendre.

— Tu viens... d'arriver ? Bon sang ! Une humaine en situation irrégulière ! s'écria-t-il tout soudain, faisant tourner la tête à toutes les souris qui l'avaient entendu.

Camille aurait bien voulu trouver l'un des trous appartenant à ces aimables rongeurs pour échapper à cette soudaine attention, mais elle n'en avait pas à disposition. Elle se contenta donc de se tasser sur elle-même, sentant inconsciemment que les choses n'allaient pas s'arranger pour sa petite personne.

—Qui t'a envoyée ? demanda le rat d'un ton rude.

Camille secoua la tête, incapable de répondre. Elle laissa malgré tout échapper un cri de surprise quand le rat la saisit par le bras et l'entraîna derrière lui avec une vivacité dont elle ne l'aurait pas cru capable.

—Une humaine ! Sans autorisation ! Dans ma bibliothèque ! C'est la meilleure ! Je dois t'amener aux représentants de l'Ordre, et tout de suite ! Il faut qu'ils t'envoient à l'orphelinat avant que tu ne causes des problèmes !

Camille essaya de se débattre, mais il la maintenait fermement.

—Laissez-moi ! finit-elle par dire en désespoir de cause. Je n'ai pas besoin d'aller à l'orphelinat ! Je veux juste trouver un moyen de rentrer chez moi !

Il s'arrêta mais ne relâcha pas son étreinte pour autant.

— Rentrer chez toi ? répéta-t-il en se tournant vers elle, laissant libre cours à sa colère. Bien sûr que tu veux rentrer chez toi ! Mais si tu crois que…

Le rat fut interrompu sans préavis. Deux longues notes suraiguës emplirent la salle et l'assistance leva la tête, retenant son souffle.

— Alerte ! Alerte ! scanda une voix désincarnée venue de nulle part. Une activité inhabituelle des Égrygors vient d'être détectée à proximité de la ville. Veuillez évacuer immédiatement les zones immergées. Je répète : Alerte ! Alerte !

Un frisson parcourut tous les rongeurs présents et certains laissèrent échapper des cris. Les souris, campagnols et autres ne se le firent pas dire deux fois. Immédiatement, ils se bousculèrent pour gagner l'entrée de l'escalier. Partout dans le bâtiment, on entendait la cavalcade des lecteurs qui, interrompus au milieu de leurs occupations, vidaient les lieux avec précipitation. C'était comme si la folie s'était emparée de tous les usagers de la bibliothèque. Camille jetait des regards terrifiés autour d'elle, mais c'était partout la même hâte et la même peur sur les museaux qu'elle voyait. Le rat, interloqué, la tenait toujours par le bras, et pourtant il paraissait l'avoir oubliée. Il observait l'océan, comme s'il s'attendait à voir un message de confirmation apparaître au milieu de l'onde.

— Un Égrygor ! s'exclama-t-il enfin, ses traits se déformant sous le coup de l'inquiétude. Il ne faut pas rester ici !

Comme il gardait les yeux fixés sur les lourdes baies vitrées, Camille tourna la tête, suivant son regard, et ne put réprimer un hoquet de surprise. Au milieu de l'onde insondable, d'étranges remous s'agitaient. Une eau plus sombre se déplaçait, à peine visible, comme un courant qui absorberait toute lumière. Il fit brusquement plus froid et de la condensation se forma sur les vitres. Puis le givre recouvrit le verre, emplissant la bibliothèque de crissements sinistres. L'alerte retentissait toujours. Camille tremblait, mais elle ne savait pas si c'était le fait du froid ou de la crainte. Alors, dans un grand frisson, l'édifice trembla, le métal et les vitres grincèrent, et une ombre titanesque passa devant la lumière venue de la surface. Les souris ne s'en précipitèrent que plus rapidement vers les escaliers. Le rat se ranima à cette vue.

— Il faut évacuer de toute urgence ! couina-t-il, la serrant suffisamment fort pour lui arracher un gémissement.

Pour cette fois, ils étaient d'accord. Camille n'avait qu'une envie, c'était de fuir comme il le lui conseillait. Le rat avait apparemment le même objectif, et il l'attira contre lui. Entraînant l'enfant dans son sillage, il s'élança en direction de l'escalier tandis que, depuis le plafond, l'étrange voix immatérielle annonçait, de nouveau, qu'un cauchemar aqueux attaquait la Ville-Envers.

9

Le cauchemar

La place du marché avait été désertée en un clin d'œil. Les représentants de l'Ordre avaient fait refluer les civils vers la ville avec méthode et efficacité. La foule avait été conduite en retrait, dans des rues plus calmes. Il ne restait plus que quelques retardataires et les étals, pour moitié abandonnés ou saccagés. Les pillards n'avaient pas perdu de vue l'aubaine que représentait l'arrivée d'un ou plusieurs Égrygors. Vu d'en haut, le spectacle était encore plus impressionnant.

Depuis le bourdon de combat qui descendait sur la ville, North disposait d'un excellent point d'observation. Elle serra les dents en voyant le flux de souris qui sortait encore régulièrement des bâtiments les plus proches de l'eau. Il était plus que temps. L'océan enflait déjà sous ses yeux et les remous qu'elle percevait ne laissaient pas place au doute : le cauchemar aqueux ne mettrait pas longtemps avant de rejoindre le marché.

— Mes belettes ont fait le maximum pour vous laisser le champ libre, déclara Mac Claw, qui se tenait près de la jeune fille et désignait les différentes unités qui sécurisaient l'endroit. Bien entendu, nous pourrons vous couvrir grâce aux canons à rêves, mais je ne peux décemment pas demander à mes hommes d'affronter un Égrygor, j'espère que vous le comprendrez. Êtes-vous en mesure de vous en charger seule ?

North se tourna vers lui, ses pupilles fendues étrécies par l'excitation du combat à venir. Sur son bras, les volutes noires du Tulpa s'agitaient frénétiquement.

— Bien sûr, répondit-elle, sereine.

Mac Claw lui adressa un sourire carnassier et lui indiqua un second bourdon déjà stationné sur le toit du siège de l'Ordre.

— Il semble que l'équipe qui était partie chercher la montre de l'humaine soit arrivée avant nous. Ils doivent déjà être en position, mais je crains que nous ayons d'autres priorités. Que pensez-vous de notre invité ?

North avait parfaitement compris ce que MacClaw entendait par là. Elle observa avec attention les franges d'écume qui allaient s'élargissant. Des vagues énormes déformaient la surface de l'eau. De puissantes convulsions soulevaient l'onde de manière désordonnée, l'agitant de soubresauts géants. La jeune fille tiqua.

— Je ne vais pas vous mentir, cet Égrygor est colossal. Il a l'air d'être tout seul aux abords de la ville mais, vu les remous qu'il provoque, il est carrément énorme, répondit North après avoir pris le temps de la réflexion.

MacClaw opina de sa grosse tête de tigre et donna aussitôt des ordres aux belettes à portée de voix pour que des renforts soient appelés. Ils n'en auraient pas forcément besoin, mais on pouvait craindre que cet Égrygor ne soit que le premier d'une attaque plus sérieuse. Il ne voulait pas prendre le risque d'avoir à affronter plusieurs de ces entités avec des équipes insuffisantes.

Pendant qu'il s'activait et que le bourdon amorçait sa manœuvre, North ne quittait pas des yeux l'endroit où l'Égrygor semblait devoir prendre forme. Elle secoua la tête.

— Bon sang, mais qu'est-ce qui te prend de t'approcher des villes, toi ? marmonna-t-elle pour elle-même.

Comme pour lui répondre, le Tulpa s'agita plus vivement encore et elle posa la main dessus pour en calmer les mouvements.

— Tout à l'heure. Tu le sais, tu le sens. Ton tour viendra, dit-elle en caressant son bras du bout des doigts.

L'ombre s'apaisa et vint se caler contre le point de pression de la main. North sourit en grattouillant davantage.

— On va encore s'en faire un petit, on dirait, dit-elle à mi-voix en se tournant de nouveau vers l'onde agitée de spasmes.

Comme MacClaw l'avait deviné, l'équipe en charge de la montre était bien sur place, et le capitaine pestait contre la tournure inattendue que prenaient les événements. L'évacuation de la place du marché n'avait pas été une mince affaire. Contenir les civils qui arrivaient en groupes désordonnés et montraient peu de bonne volonté pour obéir à des ordres simples était une tâche qu'il n'appréciait guère. De plus, le capitaine avait un goût prononcé pour la chasse à l'humain. Être contraint de mettre cette dernière entre parenthèses parce qu'un Égrygor avait choisi ce moment précis pour attaquer l'agaçait au plus haut point.

— Dégagez-moi ces gêneurs ! cria-t-il à ses subordonnés en voyant quelques rongeurs un peu trop curieux essayer de se frayer un chemin sur les terrasses des immeubles proches, se bousculant et s'interpellant en désignant l'eau prise de folie.

Ils espéraient sans doute voir la bête arriver sur la ville, au risque d'être blessés.

— Ils seront les premiers à se plaindre si une goutte les atteint ! Je ne veux pas qu'un seul de ces crétins se fasse dissoudre tant que c'est moi qui assure la sécurité ici !

Trois belettes se précipitèrent pour exécuter l'ordre de leur chef et les autres firent reculer les derniers badauds, qui quittaient la place avec des marchandises ne leur appartenant probablement pas. Il était impossible de poursuivre les voleurs tant que toute menace ne serait pas écartée. Le capitaine se contenta de secouer la tête en râlant. D'autres équipes arrivaient du siège de l'Ordre par paquets confus, portant les canons à rêves. L'ensemble fleurait bon l'approximatif.

Ça n'allait pas durer. Le bourdon de MacClaw, reconnaissable à son étendard, était en vue au-dessus de la ville. Il ne faudrait pas longtemps au tigre pour remettre de la discipline dans les rangs de ses belettes éparpillées. Les officiers positionnaient déjà leurs lanceurs avec plus de zèle. Les derniers traînards sortaient encore de la bibliothèque, guidés par les gardes proches de l'entrée.

C'était sans conteste le bâtiment le plus difficile à évacuer et également celui qui comptait le plus d'étages. La lenteur des usagers et la taille de l'édifice étaient vraiment problématiques et faisaient que la bibliothèque était le dernier endroit à réagir et à se faire évacuer en cas de crise. Le capitaine se promit de faire un rapport pour évoquer ce souci quand l'un des membres de son équipe sollicita son avis.

— Qu'est-ce que je fais de ça ? demanda-t-il en montrant à son chef la montre de l'humain qu'il tenait encore.

Pesant et encombrant, l'objet était en cuivre sombre et son clapet refermé lui donnait l'air d'une grosse huître ouvragée. Impossible de se battre avec un machin pareil dans les pattes, mais impossible aussi de le laisser dans un coin. Il était trop important pour la recherche de l'humain et il ne devait pas tomber entre les griffes de n'importe qui.

— Elle vous dispense de l'attaque, décida le capitaine en esquissant un geste vague. Gardez-la sur vous et écartez-vous du lieu de combat, nous ne pouvons pas nous permettre de la perdre, ni de la détériorer.

— Mais, capitaine ! protesta l'autre. Je veux me battre !

Son supérieur plissa ses petits yeux sombres. MacClaw serait là d'un instant à l'autre, et il était hors de question qu'il trouve quelque chose à lui reprocher, surtout de l'insubordination ou même juste du relâchement dans la discipline.

— C'est un ordre, soldat ! lança-t-il en désignant la barrière de protection. Repliez-vous, et aidez vos camarades à contenir les civils qui s'approcheraient trop ! Vous êtes en charge d'une montre, bon sang ! C'est une énorme responsabilité et ce n'est pas sujet à discussion ! Exécution !

La belette courba l'échine sous la douche verbale et serra l'objet contre elle. Elle s'inclina, déstabilisée et vexée.

— À vos ordres, capitaine ! répondit-elle d'un ton froid avant de reculer.

C'est à peine si ce dernier entendit. Il jeta un coup d'œil au bourdon de MacClaw, qui se posait sur le toit des bureaux de l'Ordre dans un grand vrombissement d'ailes, et fit un signe pour signifier à son équipe de prendre position pour le combat.

Dans la frénésie de l'affrontement qui se préparait, il ne remarqua pas les derniers occupants de la bibliothèque qui sortaient et, parmi eux, le rat, tirant toujours Camille derrière lui. L'enfant était à présent gagnée par l'angoisse et la sensation d'urgence. Elle n'avait pas la moindre idée du danger que pouvait représenter un Égrygor, mais l'ombre géante qu'elle avait vue se profiler devant les grandes vitres sous-marines n'était pas faite pour la rassurer. Elle courait le plus vite possible, suivant le rat, essayant de mettre toute l'énergie qui lui restait dans la fuite. Elle ne songeait plus ni à l'Ordre, ni à l'orphelinat, ni même à sa condition d'enfant perdue dans un monde inconnu.

Le rat guida Camille jusque derrière les barrières les plus proches, où la foule contenue était déjà si dense qu'ils ne purent guère avancer davantage. Ils se retrouvèrent coincés à l'avant-garde des civils confinés dans les rues. Ils étaient ainsi aux premières loges quand la première vague déferla sur la place du marché.

Les flots déchaînés se levèrent dans un spasme brutal et s'égaillèrent en tous sens, dissolvant les étals, leur contenu et toutes les caisses abandonnées. Des volutes de fumée sombre s'élevèrent là où les vagues entraient en contact avec les produits éparpillés. C'était une fumée étrange, presque opaque, qui émettait un crépitement inquiétant. L'écume circulait sur le sol en s'insinuant partout, faisant crisser les pavés sous son passage. Un son terrible, comme un gémissement d'agonie, agitait l'air tandis que les marchandises disparaissaient, englouties sous des remous voraces. Il y avait quelque chose de violent à voir ainsi les éventaires se dissoudre, effacés par l'avancée d'une eau plus sombre que la nuit. Camille était tétanisée par la terreur.

Les belettes reculèrent dans un grand vacarme de métal entrechoqué et de cris perçants, mais les plus téméraires ne détournèrent cependant pas leurs canons à rêves de l'ennemi.

— Restez en place ! hurla le capitaine à ses troupes.

Il était temps de faire de l'esbroufe et d'agir comme s'il était possible de maîtriser quelque chose dans cette pagaille. Déjà, la silhouette imposante de Mac Claw se devinait, approchant de la ligne de front en compagnie de North. La première vague refluait et la mer enflait de nouveau, grondant sous la pression.

Mac Claw lança un ordre sec et toutes les belettes semblèrent trouver en elles un fond de courage pour obéir et reprendre immédiatement leur place.

— Gardez les canons en position, mais ne tirez pas sans que je vous en aie donné l'ordre ! hurla-t-il à ses capitaines, qui transmirent aussitôt la consigne.

North n'avait pas gagné la ligne de défense. Seule, droite, elle marchait droit vers l'océan, sa simple présence déclenchant un silence solennel sur la scène. La foule se tut tandis que des grondements menaçants montaient des abysses. Camille, sans s'en rendre compte, serra le bras du rat un peu plus fort. Il se pencha vers elle et devina son interrogation muette.

— C'est North, le Vendeur de Nuit, dit-il avec une pointe de fierté dans la voix. Ne t'en fais pas. Elle est l'une des rares humaines autorisées à rester ici. Elle s'y connaît, elle, en cauchemars aqueux ! Si quelqu'un peut nous débarrasser de celui-là, c'est bien elle.

Il lui désigna ensuite le tigre géant qui agitait nerveusement sa longue queue rayée devant les lignes de belettes armées de canons aux formes étranges. Le félin, immense, dépassait les rangs de combattants d'un bon mètre et demi. De sa patte monumentale fermée en un poing massif, il contenait ses hommes, les enjoignant à rester calmes et à attendre son signal avant d'agir.

—Lui, c'est Lord MacClaw, poursuivit le rat, ne remarquant pas que Camille frissonnait. Il dirige tout l'Ordre à Evernight, et il le dirige bien ! C'est à lui que je te conduirai tout à l'heure. Pour l'instant, ils sont tous un peu occupés, comme tu t'en doutes. Il faut attendre qu'ils se débarrassent de ce monstre.

Camille sentit sa gorge se serrer, se rappelant soudain ce qu'elle risquait si le rat parvenait à la remettre aux autorités. Mais, avant qu'elle ait pu se décider à agir, un mouvement dans la foule et quelques cris épars lui firent de nouveau lever les yeux. Cette fois, elle en resta pétrifiée.

La surface de l'océan ressemblait à un gigantesque dôme liquide en rotation et le son qui émanait de l'entité aqueuse était étrange et effrayant. Quelques souris se bouchèrent les oreilles. Face au monstre qui se dressait au-dessus de la place, North restait toujours immobile, mâchant son bâton de sucette, faisant abstraction de tout le reste. Elle sentait des picotements d'excitation sur sa nuque.

— Alors, mon gros ? Tu t'es perdu ?

L'Égrygor enfla encore davantage. Au milieu des vagues mouvantes qui le composaient, des yeux innombrables, immenses et effrayés, s'ouvrirent. Ils jetèrent sur la place un regard désorienté avant de le fixer sur le Vendeur de Nuit.

— Je te déconseille de faire ce que tu as en tête, prévint-elle, crachant son bâton au sol. Tu n'as rien à y gagner, crois-moi.

La masse hurla, terrifiant la foule derrière les barrières et créant un début de panique. Les belettes s'agitèrent et la voix de MacClaw retentit, cinglante.

— Ne bougez pas ! Serrez les rangs !

L'Égrygor s'immobilisa un instant, mais North ne s'y trompa pas. Elle se raidit.

— N'approche pas plus, conseilla-t-elle, posant instinctivement la main sur son avant-bras où les arabesques noires s'agitaient en tous sens.

Mais le cauchemar aqueux ne semblait pas décidé à se rendre sans combattre. Il se dressa soudain de toute sa hauteur et, poussant un nouveau cri, se jeta sur elle.

— Tu l'auras voulu ! cria North en étendant le bras.

La jeune fille bondit en l'air, évitant à quelques secondes près l'eau qui s'écrasait à l'endroit où elle se trouvait l'instant auparavant. Dans le même mouvement, elle acheva de remonter sa manche d'un geste vif et une forme dotée de vie propre, aussi évanescente que de la fumée et noire comme la nuit, s'échappa de sa peau pour tourbillonner autour d'elle. Sans quitter des yeux son adversaire, North tendit la main.

Le Tulpa, à présent libéré, s'enroula immédiatement autour de ses doigts et prit la forme d'une lame, s'ajustant parfaitement à la poigne de sa propriétaire. Mais l'Égrygor était colossal et agressif. North retombait déjà vers lui quand la créature dirigea un nouveau flux dans sa direction. En vain : l'épée trancha net la masse belliqueuse et North se réceptionna sur les dalles, bien stable sur ses appuis.

— On va voir si tu es aussi coriace que tu en as l'air ! lui cria-t-elle en évitant un nouveau jet et en se ruant sur lui. Tu ne peux rien me faire ! Je suis celle qui a pactisé avec les cauchemars ! Tu ne te souviens pas ?

Mais l'entité était apparemment incapable d'entendre raison. Les vagues qui l'entouraient n'étaient que tourbillons et des profondeurs monta un nouveau grondement quand le cauchemar, s'avançant sur les dallages blancs de la place, se porta à sa rencontre. North serra les dents et affermit sa prise sur le Tulpa qui frémissait dans sa main. Ce n'était pas le premier Égrygor qu'elle affrontait, mais ils avaient rarement été aussi belliqueux que celui-ci. Il suivait chacun de ses mouvements de ses multiples pupilles, et elle sentait la montagne d'eau animée du seul but de la broyer sur place.

Quand un frisson parcourut l'onde, North étouffa un juron et changea de direction juste à temps. L'entité lui envoya des dizaines de jets d'eau puissants, qui heurtèrent le sol avec fracas derrière elle. La fumée monta des dallages et le sifflement de la pierre emplit l'air. Sentant que les tirs se rapprochaient, North accéléra. Elle se déporta sur la gauche et, prenant appui sur un étal laissé en place lors de l'évacuation, elle se propulsa dans les airs pour passer au-dessus des derniers jets que son ennemi avait envoyés vers elle. Elle retomba en roulade souple sur le sol, le Tulpa en main. Ce dernier fit spontanément un écran entre elle et les gouttelettes qui menaçaient de la toucher, et North profita de ce court répit pour tourner le regard vers le monstre sorti de l'eau.

Terrible, la créature rampait en direction de la ville avec une lenteur et un acharnement qui laissaient présager une volonté de destruction indéniable. Un nouveau cri déchira l'air, vrillant les tympans de North et provoquant un recul rapide de la foule proche. Les mains sur les oreilles, North sentit un doute s'insinuer en elle.

— Mais enfin, qu'est-ce qui te prend ? murmura-t-elle tandis que le Tulpa changeait de nouveau d'aspect et formait dans sa main une épée brillante.

Quelque chose ne fonctionnait pas. Un Égrygor n'aurait pas dû être aussi menaçant, il n'aurait jamais dû faire montre d'un tel acharnement à gagner la ville. Ce n'était pas dans l'habitude des cauchemars aqueux de quitter les profondeurs ; ils haïssaient la lumière et la matière, au contact desquelles ils se détruisaient autant qu'ils détruisaient. North connaissait bien ces entités, et elle ne comprenait pas l'attitude de celle-ci. C'était comme si quelque chose l'attirait...

Le Vendeur de Nuit sentit un doute terrible s'insinuer en elle qui la fit hésiter quelques instants, et ce furent quelques secondes de trop. Devant elle, sur la place du marché, les tentacules d'eau se tendaient dangereusement en direction de la foule amassée derrière les barrières. Le Vendeur de Nuit eut un hoquet d'horreur.

— Oh, non, non, non.

Elle se remit en mouvement, d'abord lentement puis au pas de course, évaluant à toute allure ses chances de victoire. Quand l'Égrygor se souvint d'elle, il était trop tard : elle bondit sur lui et, taillant dans le vif, sépara de son corps trois de ses énormes tentacules, qui s'évaporèrent en crissant. Le cauchemar poussa un hurlement assourdissant tandis que la foule acclamait son adresse.

— Pauvres crétins ! commenta-t-elle en se repliant. Ils se croient au spectacle et ne pensent pas une seule seconde que je viens de leur sauver le pelage !

Sa diversion fonctionna à merveille : l'entité retourna sa rage contre elle, et sa contre-attaque ne se fit pas attendre. Faisant volte-face, elle expédia une demi-douzaine de pseudopodes liquides contre elle, et North eut toutes les peines du monde à les éviter en slalomant entre les étals abandonnés. Lorsque le dernier manqua de la toucher, il fallut toute la réactivité du Tulpa pour lui sauver la mise. North se rétablit finalement sur un genou, le Tulpa fumant dans sa main tandis que le dernier membre du cauchemar achevait de se dissoudre en sifflant derrière elle.

Du coin de l'œil, la jeune fille avisa les belettes alignées en ordre et la haute silhouette de MacClaw, qui se distinguait par sa stature. Les canons à rêves devaient être en place, et le tigre n'attendait sans doute qu'un signe de sa part pour lancer son offensive. North rageait. Elle n'en viendrait pas à bout seule, elle commençait à le comprendre. Les tirs des canons, comme toutes les entailles qu'elle avait pu infliger à la créature, ne suffiraient jamais à détruire son opposant.

Il fallait que le cauchemar dévoile son cordon vital pour qu'elle puisse le détruire et le renvoyer à la source. Pour l'instant, il s'était contenté de l'attaquer dès qu'elle passait à sa portée et d'avancer inlassablement vers la ville, sans s'extraire complètement de l'eau. Et voilà que l'Égrygor, rassemblant une nouvelle fois l'ensemble de ses tentacules aqueux autour de lui, tournait à nouveau les yeux vers Riorim et reprenait son avancée.

North remballa sa fierté et décida qu'il était temps de mettre fin au combat. Elle donna une nouvelle fois au Tulpa la forme d'une lame, et elle se remit debout avant de courir vers son adversaire. Quand il l'aperçut, le cauchemar s'immobilisa avant de rugir et d'attaquer. North esquiva comme elle put et coupa trois jets dirigés vers elle avant de céder sous la pression et de battre en retraite. L'Égrygor dardait frénétiquement des tirs désordonnés. Il était visiblement agacé par la jeune fille et essayait par tous les moyens de se débarrasser d'elle. North devina une nouvelle fois qu'il visait la ville, et le même doute revint à la charge, mais elle le chassa aussitôt. Il serait toujours temps de réfléchir après avoir vaincu. Quelques secondes pour retrouver son souffle, et elle bondit une nouvelle fois, évitant de peu un jet plus précis et plus rapide que les autres. La jeune fille se protégea des éclaboussures en laissant le Tulpa former d'instinct un bouclier devant elle. Reprenant appui sur les dalles, elle se précipita et coupa une extension qui menaçait la bibliothèque avant de se retourner vers Mac Claw.

— Quand vous voulez, hein, le coup de main ! lui cria-t-elle en esquivant une nouvelle attaque.

Elle fut stupéfaite de voir que le tigre était bien plus près qu'elle ne l'avait pensé. Ils s'étaient rapprochés de la foule et le danger représenté par l'Égrygor était bien réel, à présent. North étouffa un juron et courut au-devant de l'entité pour éviter qu'il ne tourne sa colère vers les belettes, ce qui fit enrager Mac Claw.

— Dégagez de là, North ! lui hurla-t-il en faisant un signe aux belettes, qui étaient prêtes à tirer.

Le Vendeur de Nuit ne se le fit pas répéter. Immédiatement, la jeune fille fit quatre bonds en arrière et dégagea l'espace nécessaire. Tout était en place, l'Égrygor offrait une cible parfaite.

— Feu ! ordonna Mac Claw en levant le bras.

Les vingt-quatre canons à rêves crachèrent en même temps leurs sphères multicolores à grand renfort de fumée. La détonation se répercuta sur chaque mur de la ville, et les belettes reculèrent sous la violence du tir. Les sphères comblèrent l'espace qui les séparait de leur cible en un rien de temps et allèrent heurter le monstre avec une admirable précision. La bête hurla de douleur tandis que les parties de son corps touchées par les projectiles s'évaporaient par pans entiers. Des tentacules liquides se détachèrent pour retomber, privés de substance, sur le sol ou dans l'océan alentour. L'Égrygor recula rapidement, mais ne put pour autant échapper à la deuxième salve, tout aussi puissante et bien synchronisée que la première. Il vacilla, dévoilant enfin un mince cordon qui le reliait à la surface. North repéra aussitôt l'occasion qui lui était offerte.

— J'y vais ! prévint-elle, espérant que MacClaw l'entendrait par-dessus les cris de l'Égrygor aveuglé.

Le Tulpa reprit sa forme de sabre et la jeune fille louvoya, tous ses sens en éveil, pour s'approcher le plus possible du cordon tout en évitant les blocs d'eau qui tombaient toujours du corps mutilé.

Le monstre repéra son mouvement, mais, entre ses blessures et les tirs des canons qui reprenaient, il réagit trop tard. North s'élança et trancha d'un geste sûr le mince filet d'eau tourbillonnante qui donnait corps au cauchemar.

— Je t'avais prévenu ! lui lança-t-elle en retombant tandis que l'entité, privée de sa source, s'effondrait sur elle-même.

North jura à voix haute cette fois-ci en devinant qu'il allait l'engloutir dans sa chute et que le sol se rapprochait beaucoup trop rapidement. Elle évalua d'un coup d'œil qu'elle ne parviendrait pas à se rétablir assez vite pour éviter l'eau qui s'écroulait.

— Tulpa ! cria-t-elle, libérant toute la force de son compagnon vaporeux.

L'ombre changea immédiatement de forme, devenant une sphère opaque qui l'entoura à l'instant même où le cauchemar détruit l'ensevelit. Les vagues déferlèrent sur la place, ravageant tout sur leur passage.

— En arrière, en arrière ! ordonna MacClaw. Reculez, vite !

Les belettes se replièrent sans attendre, parvenant de justesse à atteindre la zone surélevée qui bordait la place tandis que l'écume s'écrasait à leurs pieds. Les flots coururent le long des dallages avant de reculer, lentement, vers l'onde encore agitée de soubresauts. Et, tout de suite après le silence provoqué par cette débâcle liquide, les habitants de Riorim laissèrent éclater des cris de joie et des hourras à mesure qu'ils prenaient conscience que la bataille était terminée.

Au milieu du marché dévasté, immobile au-dessus de l'onde qui reculait, une sphère noire brillait sous le soleil. Elle fut parcourue d'un frémissement quand les dernières gouttes s'évanouirent et elle s'ouvrit comme une fleur, dévoilant une North souriante et détendue.

— Bon travail, partenaire ! dit-elle au Tulpa, qui voletait gentiment autour d'elle, avide de caresses.

Elle siffla et il vint s'enrouler autour de son poignet. Il reprit peu à peu sa place sur sa peau, parcourant de ses mouvements sinueux l'avant-bras du Vendeur de Nuit. North soupira et arrangea ses cheveux avant de puiser une nouvelle sucette dans la poche de son veston. Ça n'avait pas été sans mal, mais il n'y avait pas là de quoi perdre sa sempiternelle suffisance devant Mac Claw. Elle se redressa en lissant ses manches.

— Voilà une bonne chose de faite, conclut-elle en observant la surface de l'eau qui redevenait progressivement lisse et claire.

Elle adressa un signe de la main à Mac Claw, qui le lui rendit. Le tigre sourit de toutes ses dents de prédateur.

— Elle est douée. Pas de doute, il y a bien du félin dans cette gamine, dit-il à la cantonade.

Derrière eux, la foule reprenait sa liberté, dépassant les belettes qui l'auraient bien gardée plus longtemps sous contrôle, mais qui se révélaient incapables d'en endiguer le flot. Sur le balcon d'une maison proche, l'étrange personnage masqué qui avait assisté à toute la scène avec enthousiasme sortit enfin de son inertie.

Oulà ! mais c'est que je vais rater le bon moment, moi, songea-t-il avant de se mettre en quête d'une belette en particulier.

Il se déplaça avec agilité sur le rebord du balcon, restant dans l'ombre sans cesser d'ausculter la multitude du regard. Lorsqu'il eut trouvé ce qu'il cherchait, il s'immobilisa, alerte, tous les muscles sous tension, et suivit des yeux le soldat de l'Ordre qui avait gardé la montre. Ce dernier essayait vainement de rejoindre son équipe en se frayant un passage au milieu de la cohue. Ses récriminations contre les bousculades n'y changeaient rien et il pestait dans le vide. L'inconnu sourit sous son masque. Alors que la belette redressait le museau pour héler son capitaine, il fondit sur elle comme le faucon sur sa proie.

10

Le voleur

Dans le chaos résultant de l'éparpillement de la foule rassemblée derrière les barricades, la belette avait bien du mal à se frayer un passage. Elle apercevait son capitaine en grande discussion avec Mac Claw, mais les atteindre était une vraie gageure. Bousculant les civils tout en prenant soin de ne pas abîmer la montre qu'on lui avait confiée, elle essaya d'attirer l'attention de ses supérieurs. Comme ses efforts ne donnaient aucun résultat, elle rangea la montre dans sa sacoche et entreprit d'écarter les badauds avec autorité.

— Poussez-vous ! Laissez passer l'Ordre !

Elle était presque parvenue à se dégager un chemin quand, tout à coup, un étrange individu habillé tout en rouge tomba d'un balcon juste devant elle. L'inconnu se releva vivement et lui barra le passage. La capuche de son manteau, relevée, ne dissimulait pas complètement le masque qui recouvrait son visage, au milieu duquel luisaient deux yeux brillants. La belette s'immobilisa, surprise, et elle n'eut pas le temps de réagir. Le mystérieux personnage lui décocha un coup de griffe qu'elle évita par pure chance.

— Qu'est-ce que… ?

Son agresseur lança une nouvelle attaque, aussi prompte et aussi souple que la précédente. Après une série d'impacts qui sonnèrent le gardien de la montre, le voleur saisit la sacoche et tira dessus, espérant en briser la lanière.

— Lâchez ça ! cria aussitôt la belette, reprenant ses esprits et essayant de retenir le sac de toutes ses forces.

Les souris s'écartèrent autour d'eux ; personne ne semblait disposé à intervenir. La belette eut un sursaut de colère.

— Ah, tu le prends comme ça, mon gaillard ! Très bien…

Elle se dégagea d'un coup d'épaule et gonfla le torse pendant que l'inconnu, brièvement déstabilisé, retrouvait son équilibre.

— Au voleur ! hurla la belette tandis que l'individu masqué fondait de nouveau sur elle.

Malgré le bruit et la pagaille, le cri fut entendu par MacClaw, qui se retourna. Il avait l'ouïe fine commune à tous les félins, et sa grande taille lui permettait de voir mieux que les autres par-dessus les têtes. Il ne mit pas longtemps à trouver la source du raffut.

— Mais enfin ! grogna-t-il en fendant la foule en direction de la bagarre.

Il se fraya sans difficulté un passage parmi les belettes et les badauds et accéda rapidement au lieu du combat. Pourtant, il faillit arriver trop tard. Le voleur était vif, il menaçait de l'emporter sur le soldat. Quand il vit venir MacClaw, il se décala pour placer la belette entre lui et le chef de l'Ordre, mais sa manœuvre fut trop lente. Le tigre, qui avait dégainé son épée gigantesque avec agilité, manqua son coup de peu. Le voleur bondit en arrière, jurant en silence d'avoir eu à lâcher la sacoche. Il prit appui sur le sol et s'élança.

MacClaw s'interposa, bloquant la voie de sa carrure massive, et le voleur n'eut pas d'autre choix que de reculer encore.

— Je ne sais pas ce que tu veux, gronda le tigre d'une voix terrible, mais tu vas payer le prix de ta témérité !

L'inconnu l'évita prestement, trop rapide pour son adversaire. Il allait partir à l'assaut une nouvelle fois quand il la vit.

Au milieu de la foule formant un cercle autour de la bataille, tenue fermement par le rat de bibliothèque, qui avait tenté de rejoindre MacClaw dès la fin du combat contre l'Égrygor, Camille regardait la scène, fascinée et apeurée. L'homme masqué sentit un frisson le parcourir et il sut immédiatement qu'il allait devoir remettre son action à plus tard. L'humaine était trop près. Beaucoup trop près.

— Bon sang ! songea-t-il en évitant un coup de MacClaw, qui essayait de lui barrer le chemin. Ils ne doivent pas réunir la montre et l'enfant !

Il ne pouvait pas rester là. S'il s'acharnait à récupérer la montre, il finirait par causer sa propre perte en laissant l'humaine sous le nez du tigre.

Le voleur fit quatre bonds en arrière et, prenant appui sur une borne en pierre, sauta sur le balcon d'une maison proche. Le Maître de l'Ordre faillit s'étrangler de rage, mais déjà l'individu masqué grimpait le long de la gouttière, gagnait le toit et disparaissait hors de sa vue.

— Ramenez-moi cet énergumène immédiatement ! hurla le tigre à la cantonade, sachant pertinemment qu'il ne faudrait pas dix minutes au voleur pour s'évaporer dans les ruelles proches.

Les belettes ne se posèrent pas la question, elles. Saisissant leurs armes, elles crièrent à qui mieux mieux, s'organisèrent mal, finirent par se répartir en équipe pour enfin se lancer à la poursuite du fugitif dans le désordre le plus complet. Mac Claw fulminait trop pour perdre du temps en remontrances, mais il réserva sa colère pour plus tard. Il ne manquerait pas de leur faire remarquer leur incompétence quand elles reviendraient bredouilles de leur tentative de capture.

Le soldat qui portait la montre resta en retrait, un peu hébété, à regarder la lanière de son sac à moitié déchirée. Le Maître de l'Ordre se tourna vers lui et rengaina son sabre, faisant sursauter son subordonné.

— Qu'est-ce qu'il cherchait à vous dérober ? rugit-il sans aménité.

La belette sentit sa fourrure se hérisser devant la colère du tigre. Elle se mit au garde-à-vous par pur réflexe.

— Je ne sais pas bien, Mylord, il n'a pas dit un mot, débita le soldat très rapidement. Il semblait en avoir après ma sacoche. Pourtant, elle ne contient rien de précieux. Juste la montre de l'humaine que nous recherchons.

Mac Claw tiqua.

— La montre de l'humaine… Sa montre de sommeil ? Mais… elle n'a aucune valeur marchande !

— Non, Mylord, aucune, confirma la belette.

Le Maître de l'Ordre jeta un regard par-dessus son épaule dans la direction qu'avait prise le fuyard, et montra les dents.

— Quel intérêt de voler une montre ? Pendant une attaque d'Égrygor qui plus est…

Il s'interrompit, pris d'un doute. Puis, étouffant un juron :

— Ramenez-le-moi ! hurla-t-il aux rares belettes encore sur place. Je veux ce voleur ici dans les deux heures et je le veux vivant !

Il y eut un mouvement de panique dans les rangs de ceux qui étaient restés sur la place pour ranger les canons à rêves. Très vite, les lourdes armes furent abandonnées en tas, déposées à la va-vite, et les dernières belettes qui avaient participé à la défense de la ville quittaient les lieux sans avoir la plus petite idée de comment elles allaient s'y prendre pour exécuter cet ordre. Mac Claw renifla.

— Cela fait beaucoup de désagréments en une seule journée ! grogna-t-il alors que North arrivait près de lui.

— Je ne vous le fais pas dire, répliqua cette dernière.

Du bout des doigts, elle examinait une poudre noire qu'elle frottait lentement entre son pouce et son index.

— À quoi pensez-vous ? demanda Mac Claw en se rapprochant.

North était plongée dans ses pensées. Elle sembla se réveiller, mais reprit rapidement contenance et haussa les épaules en souriant.

— Rien de bien important, sans doute, répondit-elle en s'essuyant les doigts sur son mouchoir. Avez-vous encore besoin de moi, ou puis-je disposer ? J'ai beaucoup de travail qui m'attend à Aguarian, et je ne voudrais pas perdre ici plus de temps qu'il n'en faut.

Mac Claw secoua son énorme tête.

— Non, je n'ai plus besoin de vous. J'ai deux équipes, ici. Celle prévue pour l'attaque, et celle qui recherchait l'humaine. Nous devrions parvenir à capturer cette dernière comme le voleur sans votre aide. Je vous remercie déjà d'avoir accepté de prendre part à la défense de Riorim.

North haussa les épaules, pressée d'en finir.

— C'est mon job, dit-elle simplement. Je suis le Vendeur de Nuit. Surveiller les Égrygors, ça fait partie de mes responsabilités.

— Et vous y excellez.

Elle lui adressa un clin d'œil complice et porta deux doigts à sa bouche avant de siffler longuement. Mac Claw la regarda et ne put s'empêcher de secouer la tête. Il répugnait à l'admettre mais, même s'il ne supportait pas l'idée que des humains demeurent en Evernight, la présence de cette gamine lui était agréable. Ils s'étaient toujours bien entendus, dès son arrivée, et même lors de son accession, controversée, au poste de Vendeur de Nuit. Il ne s'expliquait pas cette sympathie, mais l'acceptait tout de même.

C'est parce qu'il y a du félin en elle, se dit-il une nouvelle fois.

Il leva les yeux en voyant planer au-dessus de la ville une raie manta mécanique entièrement blanche qui évoluait gracieusement au-dessus d'eux. Immense, l'appareil vola lentement dans leur direction et vint s'immobiliser à quelques mètres de North, qui n'avait pas bougé.

— Eh bien, dans ce cas, je vous quitte ! dit-elle en faisant un signe de la main. Je serai joignable à Aguarian et je vous signifierai, dès que je la connaîtrai, la raison de la présence d'un Égrygor si près de la ville.

— J'y compte bien ! appuya MacClaw en grimaçant. J'aimerais assez que cela ne se reproduise pas ! Puisque vous serez à l'usine et que je vais être un peu occupé dans les prochaines heures, pourriez-vous solliciter le Maître du Temps de ma part ? Sa présence ici serait utile. Je veux savoir si cette montre a quelque chose de spécial. C'est étonnant que quelqu'un essaie de la dérober.

— Mathias ? demanda North en haussant les sourcils. Je veux bien essayer de le contacter, oui. Sinon, au pire…

Elle adressa un sourire moqueur à MacClaw.

— … je vous envoie Maximilien ?

Le tigre grogna et rabattit les oreilles vers l'arrière, montrant les crocs. Il la laissa rire tandis qu'elle montait sur la raie. Alors que le poisson mécanique s'élevait dans les airs, North adressa un nouveau signe de la main à MacClaw, auquel il répondit. Elle n'avait pas encore disparu dans le ciel que le Maître de l'Ordre avait tourné le dos en soupirant.

L'humaine qu'il espérait retrouver n'était pas bien loin. Tandis que la raie s'envolait, soulevant par ses amples mouvements les débris laissés par l'Égrygor, Camille sentait le souffle lui revenir. Elle avait assisté à l'arrivée du cauchemar aqueux puis à la bataille de la belette comme dans un rêve éveillé. La masse d'eau, la fille avec des cornes, le combat, la sphère noire, la belette en armure et le tigre géant... Tout cela l'avait laissée tétanisée par la peur, agrippée plus fermement qu'elle ne l'aurait souhaité au bras du rat, qui la retenait toujours. Tandis que North prenait de l'altitude, Camille revenait à la réalité, commençant à prêter plus attention à ce qui l'entourait.

Près d'elle, de nombreux rongeurs reprenaient leurs activités. Certains retournaient déjà vers la bibliothèque, tandis que d'autres, déboussolés, erraient au milieu des décombres de la bataille à la recherche de leurs marchandises perdues. Un sentiment de vide et de mélancolie s'empara de l'enfant, comme après une terrible épreuve que l'on sait derrière soi mais qui fait encore frissonner. Elle sentit un tremblement la gagner. Soudain, ce nouveau monde lui apparut dans toute sa consistance, dans toute sa dureté, avec une acuité qu'elle n'avait pas ressentie jusque-là, et un vent de panique la submergea. Elle était perdue dans un endroit dont elle ignorait tout, au milieu d'animaux irascibles et autoritaires et, même si elle ne comprenait pas tout, il lui restait une certitude : elle n'était pas en sécurité. Le rat ne pouvait choisir de pire moment pour lui rappeler qu'en plus sa situation était précaire.

— Bon ! dit-il en avançant d'un pas et en resserrant sa prise sur le bras de l'enfant. Lord Mac Claw semble plus disponible à présent. Allons le voir. Il n'est pas souvent à Riorim, et il a été là bien vite, par rapport à l'arrivée du cauchemar… En fait, je me demande s'il n'était pas simplement venu te chercher…

Camille se raidit et elle sentit toute sa volonté se cabrer quand le rat la tira en avant, essayant de l'entraîner à travers la foule vers l'immense tigre. Elle sentit qu'elle perdait pied et, pour la première fois de sa vie, elle céda à ses propres sentiments et à la confusion dans laquelle elle se trouvait. Elle prit une décision et elle serra le poing.

— Non, dit-elle, fléchissant les genoux pour contrecarrer les efforts du rat.

— Allez, suis-moi ! insista celui-ci sans se retourner.

Le ton était brusque, impératif et froid. Cédant sans retenue à l'affolement, Camille tenta de s'arracher à la poigne du rat de toutes ses forces.

— Non ! cria-t-elle. Lâchez-moi !

Contre toute attente, elle sentit la pression faiblir et elle comprit qu'elle allait pouvoir se libérer. Ses mouvements devinrent frénétiques autant que désordonnés.

— Je ne veux pas aller à l'orphelinat ! Je n'en ai pas besoin, je veux juste rentrer chez moi ! Lâchez-moi !

— Que fais-tu, petite sotte !

Le rat essaya encore de la retenir, mais la foule qui les entourait le gênait, et Camille se débattait comme un beau diable. Dans un dernier sursaut, il sentit le tissu de la manche de l'enfant glisser entre ses griffes et il la lâcha pour chercher une meilleure prise. Camille était tellement penchée en arrière pour se dégager qu'elle lui échappa. Elle perdit l'équilibre et tomba lourdement sur les fesses, mais à peine avait-elle touché les pavés qu'elle se relevait et se mettait à courir, fébrile, bousculant tout le monde sur son passage. Elle ne regarda pas où elle allait. Elle s'en moquait éperdument. Petite comme elle était, il aurait de toute façon été dérisoire de perdre du temps à tenter de la retrouver au milieu du flot compact des souris qui se déplaçaient en tous sens. Elle se contenta de mettre le plus de distance possible entre elle et le rat, courant sans s'arrêter dans les rues qui l'éloignaient de la place du marché et de la bibliothèque.

— Reviens ! entendit-elle dans son dos.

La voix était inquiète, mais elle ne voulut pas y prêter attention. Elle n'avait plus en tête que sa fuite : fuir le rat, le tigre, ce monde dans lequel elle n'avait rien à faire et qui la terrorisait. Elle ignora les rongeurs qui la regardaient passer avec étonnement, elle ignora les appels, de plus en plus lointains, du rat de bibliothèque derrière elle. Elle ne savait pas où elle allait et n'en avait rien à faire. Elle était à bout de souffle et le bas de son dos était douloureux du fait de sa chute, mais elle s'en moquait, comme elle se moquait des larmes qui ruisselaient sur son visage.

Derrière elle, les souris s'exclamaient, se demandant qui était cette enfant qui s'enfuyait ainsi, et d'où elle pouvait bien venir.

Il n'était pas rare de voir des enfants à Riorim : il s'agissait de membres de l'orphelinat autorisés à faire des sorties pour se documenter à la bibliothèque. Néanmoins, en voir un courir ainsi dans les quartiers les plus reculés de la ville était beaucoup plus surprenant.

Camille se fichait pas mal de savoir si elle attirait l'attention, et si les rongeurs se retournaient sur son passage. Tout ce qu'elle voulait, c'était quitter cet endroit aussi vite que possible.

Ses pas la guidaient au hasard le long des rues inconnues. Elle ne savait pas si elle était suivie ; elle n'y pensait même pas. Si elle cessait de fuir, la panique reviendrait aussitôt, et cette idée était encore plus effrayante.

Petit à petit, Camille ralentit malgré sa frayeur. Elle avait du mal à respirer, elle avait les joues en feu, et elle arrivait au bout de ses forces. Elle n'avait pas mangé depuis la veille, et elle n'était pas habituée à courir ainsi. Elle commençait à trébucher et ses jambes tremblaient de faiblesse.

Finalement, la jeune fille s'arrêta dans une ruelle et attendit que les battements de son cœur ralentissent. Une main tremblante appuyée sur le mur, la seconde pressant sa poitrine, elle essaya de se calmer tandis que sa respiration lui brûlait les poumons à chaque mouvement. Elle se pencha en avant, le ventre douloureux, sentant une vague de nausée l'envahir. Elle ne voulait pas vomir, mais les pavés étaient flous à ses pieds, et un goût acide lui emplissait la bouche. Elle ferma les yeux et se contraignit au calme, agrippant le mur près d'elle au risque de s'écorcher les doigts sur le crépi. Sans savoir pourquoi, elle entreprit de réciter ses déclinaisons latines dans sa tête, se concentrant pour oublier le rythme désordonné qui agitait sa poitrine. Peu à peu, le malaise reflua et son cœur s'apaisa. Elle ouvrit les yeux quand elle se sentit un peu rassérénée, mais ce qu'elle vit ne fit qu'accroître son découragement.

Camille sut du premier coup d'œil qu'elle était perdue dans la ville. Non pas qu'elle ait envie de retourner sur ses pas vers la place du marché, mais elle ne savait pas pour autant où se réfugier, ni dans quelle direction repartir. Camille dressa le bilan amer de sa situation avec toute la lucidité qu'elle put trouver en elle. Ce n'était pas reluisant et elle se sentait abattue. Le seul endroit où elle aurait pu trouver un moyen de rentrer chez elle était la bibliothèque, où elle ne pouvait songer à retourner. Le rat ne manquerait pas de tenter de la ramener à ce tigre immense.

Pourtant, l'enfant sentait qu'elle allait vite regretter de s'être enfuie. À bien y réfléchir, l'orphelinat lui paraissait un moindre mal comparé à une nuit, sans manger et sans boire, sur le sol pavé des rues de Riorim. Lorsque des voix derrière elle la firent sursauter et qu'elle craignit d'être de nouveau poursuivie, elle s'éloigna vivement malgré tout, s'enfonçant plus profondément dans les ruelles.

Loin de la place du marché, les venelles de Riorim perdaient de leur charme et de leur propreté. Contre des murs dont le crépi s'effritait reposaient des caisses de bois rongées d'humidité et des sacs de toile percés. Un peu partout, de gros insectes rappelant les blattes couraient au milieu de déchets en tout genre entassés çà et là. Camille se protégea le nez à deux mains pour se préserver de l'odeur de pourriture, mais les voix se rapprochaient, et leur véhémence la contraignit à pousser encore vers l'avant.

Elle allait obliquer vers une allée plus large pour ne plus avoir à zigzaguer entre les débris qui jonchaient le sol quand une main griffue la saisit par le bras et la tira en arrière dans une ruelle sombre. Camille ne put retenir un cri, mais celui qui l'avait attirée là posa d'autorité la main sur sa bouche et étouffa le son à temps. Elle retint son souffle ; la main relâcha sa pression. Camille se dégagea et se retourna sans un bruit.

Le voleur de la place, celui-là même qui s'était battu avec la belette, positionna son index sur la bouche peinte de son masque pour lui faire comprendre qu'il valait mieux se taire. Elle recula contre le mur, prête à s'enfuir, mais il la prit par l'épaule et la força à s'accroupir. Tandis qu'ils étaient là, silencieux, elle tremblante et lui attentif, deux belettes passèrent à quelques mètres d'eux, fouillant du regard les environs. Quand elles se furent éloignées, l'inconnu tapota le bras de Camille d'un geste réconfortant.

— Pour l'instant, c'est moi qu'ils cherchent, lui confia-t-il, les yeux luisants sous sa capuche sombre. Mais fais-moi confiance, ils ne mettront pas longtemps à te pister également. Il ne faut pas qu'on reste ici.

Cette dernière phrase sortit Camille de son mutisme.

— On ? demanda-t-elle, interloquée.

— Oui, il faut trouver un endroit où se faire oublier, avant que Mac Claw et ses sbires ne se décident à passer la ville au peigne fin.

— Mais qui êtes-vous ? Et pourquoi voulez-vous me porter secours ? demanda Camille en voyant l'inconnu se lever.

Il se pencha et lui prit la main pour l'aider à en faire autant. Elle eut envie de lui accorder sa confiance, sans réussir à s'expliquer pourquoi. Peut-être parce qu'il était le seul ici à lui avoir proposé son aide, ou parce qu'elle était bien trop lasse pour opposer la moindre résistance. Sa voix était chaleureuse quand il lui répondit simplement :

— Entre fuyards, il faut se serrer les coudes !

Et, sans plus d'explications, il l'emmena avec lui, l'éloignant encore davantage des soldats de l'Ordre en l'entraînant au milieu des ruelles désertes.

11

North et Max

À Aguarian, le bruit des moteurs carburant à plein régime couvrait les rumeurs de l'océan de cauchemars. Dans les multiples citernes de la tortue mécanique, on faisait encore le plein d'énergie liquide, quand bien même la nuit était tombée depuis longtemps. C'était l'avantage de travailler avec une armée de robots : pas besoin de pauses. Et c'était également une chance, car il fallait à North bien plus de temps pour raffiner l'énergie tirée des cauchemars qu'il n'en fallait à Max pour synthétiser celle qu'il tirait des nuages de rêves. Il valait mieux que les extracteurs tournent en permanence, sans quoi la jeune fille aurait eu du mal à tenir la concurrence. Cependant, ce n'était pas le rendement de son usine qui la préoccupait à une heure aussi tardive.

Les sourcils froncés et la chemise débraillée, fait inhabituel chez une personne d'ordinaire si soigneuse et irréprochable, North traversait la zone de stockage d'un pas énergique, affichant une expression qui n'augurait rien de bon. Son robot s'accrochait fermement à son épaule, tout en équilibre précaire et diodes clignotantes. Le Vendeur de Nuit n'était pas là pour plaisanter.

North quitta la plate-forme qui menait au cœur de l'usine et se laissa glisser le long de la rambarde métallique, survolant les escaliers. Elle atterrit souplement dans le couloir qui menait au centre de commande et s'y engagea sans ralentir. Là plus qu'ailleurs, l'aménagement d'Aguarian témoignait du bon goût de sa propriétaire.

Les murs étaient tapissés de tissu bleu roi à l'aspect noble, et ornés de cadres ouvragés évoquant la Belle Époque et les balbutiements de l'ère industrielle sur Terre. North avait toujours eu beaucoup d'intérêt pour les œuvres de l'artiste Mucha et de l'écrivain Jules Verne. Elle les avait découvertes à Evernight et avait affiché des références et des hommages aux deux hommes partout dans son antre. En temps normal, elle aimait passer lentement ses quartiers en revue, juste pour admirer les arabesques et les lignes élégantes sur les tableaux aux couleurs pâles. Les lampes de cuivre éclairaient d'une lumière douce son musée personnel, qui affichait toujours la même exposition. Tout au bout du couloir se trouvait son bureau, où elle passait le plus clair de son temps. Elle avait même caressé l'idée d'y installer son lit, fut un temps.

North poussa la lourde porte de métal et entra dans le centre névralgique d'Aguarian. L'éclairage artificiel accentua la pâleur de sa peau.

— Dis-moi que c'est une blague ! lança-t-elle sans préambule au robot qui attendait là, immobile et attentif.

Il tenait entre ses mains articulées un papier d'une longueur interminable, qui se répandait en ondulations souples sur le sol.

— C'est une blague, répéta-t-il, docile, sans même lever la tête de sa lecture.

North eut un sourire sans joie qui dévoila ses longues canines et soupira avant de rejoindre son fauteuil. Elle s'y assit avec une brusquerie inhabituelle et se passa la main sur le front. Puis, après quelques instants de silence, elle se tourna de nouveau vers le robot, qui n'avait pas bougé d'un rouage.

— Quelle certitude, pour l'analyse ? demanda-t-elle enfin en faisant grincer le dossier de son fauteuil sous la poussée qu'elle lui infligea.

— Nous avons procédé à quatre tests successifs, pour atteindre une certitude finale de 99,99 %. C'est de l'E.P. pure.

— De la poudre à Égrygor…

North s'abandonna à ses réflexions. Si elle donnait l'air d'encaisser la nouvelle, elle bouillonnait pourtant intérieurement. Quand elle avait été témoin du comportement étrange de l'Égrygor sur la place du marché, elle avait été saisie d'un doute. Puis elle avait trouvé la substance sombre au sol après son combat et là, déjà, elle avait soupçonné le pire. Dès son retour à l'usine, elle avait donné son mouchoir à analyser à son équipe de chimistes à boulons et, comme elle l'avait souhaité, ils avaient abandonné toute autre recherche pour traiter cette demande en priorité. Seulement, si le résultat confirmait ses doutes, il n'en était pas moins inquiétant.

North était devenue le Vendeur de Nuit longtemps auparavant. Elle était la deuxième à s'être réveillée à Evernight, juste après l'arrivée du Maître du Temps. Elle était là depuis le début. C'était elle qui avait la charge des cauchemars et de l'énergie qu'un raffinement permettait d'en tirer. Elle aussi qui, grâce à certaines techniques qu'elle avait mises au point elle-même et gardait jalousement secrètes, fournissait à Mathias de quoi fabriquer la montre personnelle de chaque humain endormi.

Depuis qu'elle avait pris son poste, North n'avait cessé d'expérimenter et d'innover, de chercher de nouvelles idées et de créer des concepts uniques inédits à Evernight. Il y avait une raison à cela : elle venait de l'époque la plus avancée dans l'histoire de l'Humanité et elle était un cas unique. Elle venait du XLIe siècle et elle avait emporté avec elle une foule de connaissances et de méthodes qui lui avaient permis d'améliorer les performances de l'exploitation énergétique. Parmi toutes ses inventions, la plus étonnante, mais aussi la plus dangereuse, était sans conteste la poudre à Égrygor.

Dans un premier temps, elle n'en avait parlé à personne. Mettre au point une poudre capable d'attirer les cauchemars mutuels, c'était aussi inutile que risqué. Si, à Evernight, les cauchemars des humains formaient les océans, les cauchemars mutuels en étaient les rois. Chaque personne a ses propres démons, ses propres hantises. La plupart des cauchemars sont aussi personnels que les rêves. Mais, parfois, il arrive qu'une idée, un concept, touche plusieurs personnes, comme la peur du vide, les mauvais rêves où l'on est poursuivi, ceux où l'on meurt… Chacun de ces cauchemars, quand il était partagé par suffisamment de personnes, formait un Égrygor à Evernight. Leur nom venait de là, c'était elle qui le leur avait donné. Une entité produite par un groupement d'esprits. Un Égrégore…

Vécus et rêvés par une multitude d'humains en même temps, ces cauchemars prenaient corps et cristallisaient toute la peur, l'impuissance et l'angoisse ressenties par ses créateurs. Ils devenaient de véritables entités vivantes, au sens evernightien du terme. Se frotter à un Égrygor, c'était lutter contre un monstre déchaîné par la pensée de milliers de rêveurs. North le savait quand elle avait mis au point l'E.P.

Elle ne l'avait fait que dans un but précis : étudier les Égrygors et découvrir leur vraie nature. Et elle avait réussi ! C'est grâce à elle qu'Evernight savait, à présent, quelle était la vraie nature de ces êtres aquatiques.

Mais, même quand North avait publié son étude sur ces créatures, elle n'avait pas mentionné la poudre dont elle s'était servie pour les attirer. Elle était le Vendeur de Nuit, le spécialiste des cauchemars. Personne ne lui avait posé de questions. Les océans évoquaient bien trop de peur dans ce monde pour que quiconque s'y intéresse de près, en dehors d'elle. Ils l'avaient crue sur parole sans chercher à approfondir ses études. D'instinct, North avait senti qu'il valait mieux ne pas évoquer son invention dans son texte. Elle ne pouvait qu'imaginer la réaction qu'aurait eue l'Autorité à la mention de l'E.P., mais cela lui suffisait amplement. Elle n'avait aucune envie de voir si ses soupçons se confirmeraient. North savait qu'elle avait créé une substance qui pouvait servir d'arme : lancer les Égrygors sur une cible donnée aurait été une catastrophe, comparable à celle qui avait failli se produire à Riorim le matin même. Alors North s'était tue. Ou presque.

En réalité, seules deux personnes avaient connaissance de son invention. Deux en tout et pour tout. Et elle n'aimait pas du tout l'idée que l'une des deux ait utilisé sa poudre à Riorim sans la prévenir.

North grogna. Elle remonta les manches de sa chemise, en colère contre elle-même et contre les résultats de l'analyse. Elle avait vu juste, et cela la contrariait. Elle aurait préféré que les scories laissées sur les dalles de la place du marché ne soient qu'une poudre quelconque, mais ce n'était pas le cas et il fallait désormais faire face à ce que cela impliquait.

— Merci pour votre travail. Regagnez le laboratoire, lança-t-elle sèchement au robot, qui était toujours devant elle, son papier entre les mains.

— Doit-on faire parvenir une copie du rapport à…

— … à personne, merci bien. Je suis déjà dans les ennuis jusqu'au cou. Classez-le, je me charge de la suite.

— À vos ordres.

Le robot fit une légère courbette avant de quitter le bureau en silence. North avait conçu tous ses subordonnés, elle ne doutait pas un seul instant que ses ordres seraient suivis à la lettre et que le rapport ne serait pas évoqué lorsque viendrait le moment de rendre compte des activités de son usine à ses supérieurs. Restait à régler le problème et à le régler seule. Elle tapota nerveusement la console de commande, jeta un coup d'œil rapide à ses écrans de contrôle, puis se décida à passer à l'action. Elle rajusta ses manches, boutonna sa veste pour paraître un peu plus présentable et attrapa la sucette colorée que son robot lui avait tendue, juste au cas où. Il la connaissait bien. Elle mordit dedans et enfonça un bouton en marge de son clavier de contrôle.

— Communication urgente avec le centre de contrôle d'Alysae. En crypté et sécurisé, merci.

La réponse ne se fit pas attendre, désincarnée et froide.

— Communication effective sur l'écran numéro un.

Le panneau situé juste devant North s'illumina et une image d'attente s'afficha, représentant un Maximilien souriant et débonnaire qui esquissait le V de la victoire de la main droite. Une bulle au-dessus de son visage enjoignait à la patience en interpellant l'interlocuteur d'un laconique « Deux minutes, je bosse, moi ! ». North leva les yeux au ciel. L'instant d'après, l'image changea et Max, le vrai, apparut. Il avait les cheveux en bataille et un sourire en coin qui aurait agacé le plus flegmatique des citoyens d'Aguarian, eût-il été fait de métal.

— Diantre ! Du crypté en pleine nuit ! lança Max en guise de préambule. Que se passe-t-il, North ? Besoin de contempler mon ineffable beauté avant de dormir ?

— Arrête, je vais vomir, répondit la jeune fille en mordant dans sa sucette. J'ai besoin de réponses et tu n'as pas intérêt à te défiler.

Max arrêta immédiatement son cinéma. Il reprit son sérieux si vite que la transition aurait pu être drôle si North n'avait pas été aussi inquiète.

— Un souci ?

— Plutôt, oui !

North pointa un index accusateur vers l'écran, où Max attendait, impassible.

— Je veux savoir comment tu as réussi à me voler de l'E.P. et à quoi rimait ce cirque à Riorim !

— Cette vieille poudre ? Qu'est-ce que tu veux que j'en fasse ?

— Attirer un Égrygor sur la Ville-Envers pour me créer des ennuis, par exemple ? tenta North.

Maximilien resta interdit un instant, puis secoua la tête. Il semblait ne pas comprendre et avait l'air sincère, même si la jeune fille savait qu'il fallait se méfier des ruses de son confrère.

— North, si je tenais vraiment à te faire passer pour une incompétente, il suffirait que j'étale mes chiffres de vente mensuels. Un, tu as toujours refusé de me donner de la poudre à Égrygor, même pour rire, et deux, j'étais à la réunion du Palais de l'Ordre et non à Riorim ce matin. Tu es mon plus bel alibi puisque tu y étais aussi.

Max leva les deux mains en signe d'impuissance.

— Là, je ne peux pas t'aider. Il va falloir te trouver un autre coupable. Et puis, de quoi tu parles ? Quel cirque ? Qu'est-ce qu'il s'est passé ? Il y a eu un problème avec les cauchemars ?

— Ne fais pas l'innocent ! le rembarra North en se levant de son siège, menaçant du doigt l'écran devant elle. Vous n'êtes que deux à savoir que je l'ai mise au point, cette poudre, et tu ne me feras pas croire que Mathias s'est amusé à s'en servir pour attirer un Égrygor sur la ville !

De l'autre côté, Max sembla s'échauffer à son tour.

— Je ne te fais rien croire du tout. Je te dis juste que je ne t'en ai pas pris et que je ne suis pas responsable de ce dont tu m'accuses. Va te chercher un coupable ailleurs, North ! Je n'ai rien à voir là-dedans.

— Il faut bien que ce soit toi !

Max l'arrêta d'un geste.

— OK, tu nages en plein délire. Je n'ai pas quitté mon usine de la journée à mon retour de chez le gros chat et je peux t'en envoyer la preuve, hein, si tu veux. Mais là, il va falloir me lâcher, mademoiselle, parce que je n'y suis pour rien.

North fut prise d'un doute.

— Tu n'insinues quand même pas que Mathias…

— Je n'insinue rien. Réfléchis par toi-même et fais-le mieux que ça. Moi, ta poudre, je ne l'ai même jamais vue. Fin de la discussion. Bonne nuit, gamine.

Et, sans attendre davantage, il se pencha et coupa le contact. Très vite, les écrans de contrôle reprirent leur morne danse de courbes et de valeurs en diagrammes camemberts. North était perplexe. Un pincement au cœur lui vint à l'idée que Mathias ait pu commettre ce dont elle venait d'accuser Max. C'était impossible ! Il devait y avoir une autre explication.

— Mais qu'est-ce que c'est que ce bazar, à la fin ? maugréa-t-elle en se rasseyant plus confortablement dans son fauteuil, agacée.

S'il se tramait manifestement quelque chose, il n'en sortirait rien de bon, de toute évidence.

Dans l'usine de raffinement des rêves d'Alysae, Maximilien avait coupé toute communication externe et tentait de se plonger de nouveau dans le traité de botanique qu'il avait habilement subtilisé à la bibliothèque quelques semaines plus tôt. Malheureusement, ses efforts n'étaient guère couronnés de succès. Depuis que North l'avait appelé, il ne pouvait penser à autre chose qu'à cette histoire de poudre à Égrygor.

Quand il constata qu'il avait lu quatre fois la même phrase et qu'il était sur la même page depuis dix bonnes minutes, il envoya valser le vieux volume sur son bureau avec le plus grand mépris, faisant fi de la fragile couverture de cuir sombre et des pages délicates du précieux ouvrage. Le rat de bibliothèque en aurait fait une attaque ; le livre n'émit qu'une molle protestation en heurtant le plancher avec un bruit mat, soulevant un nuage de poussière au milieu du capharnaüm.

Max posa les deux pieds sur le bois rose du bureau qui grinça de toutes ses fibres. Le Marchand de Sable n'y prêta pas attention. Il croisa les bras derrière la tête et scruta le plafond en réfléchissant furieusement. Que North s'inquiète, il le comprenait sans problème. Qu'elle le suspecte aussi ; comme il l'avait dit, des trois enfants autorisés à rester à Evernight, c'était définitivement lui qui causait le plus souvent des problèmes. Mais, en l'occurrence, il se savait innocent… ce qui ne laissait qu'un coupable possible. Et cela, il ne parvenait pas à le concevoir. Un tatou, entrant dans le bureau après avoir toqué discrètement, l'interrompit dans ses réflexions.

— Bonsoir, patron, dit l'animal en saluant d'un geste. On a les chiffres de production du jour, si ça vous intéresse.

Les tatous de Maximilien ne s'embarrassaient plus de formalités depuis longtemps. Ils avaient pris la mesure de leur chef, qui préférait aux ronds de jambes un discours efficace et direct. Aussi Max traitait-il ses employés sans se soucier d'une quelconque étiquette, en leur parlant librement. Cela ne l'empêchait toutefois pas de mener ses équipes d'une main de fer. Il ne faisait pas bon déplaire au directeur d'Alysae, mais tant qu'aucun problème ne venait enrayer le quotidien, on pouvait plaisanter avec lui sans se soucier de hiérarchie. En voyant arriver un nouveau rapport, Max gémit.

— Si les chiffres sont bons, ce n'est pas la peine que je les lise. Et s'ils sont mauvais, il vaut mieux pour toi que je ne les lise pas, hein ?

— Heu… ils sont bons, décida le tatou en posant les feuilles en haut d'une pile de papiers qui prenait gaiement la poussière dans un coin du bureau. Très bons, même. Pas la peine de vous en faire.

— Tant mieux ! apprécia Max en croisant de nouveau les bras derrière la tête. La seule chose dont j'ai envie, c'est d'une soirée tranquille, à surfer un peu entre les nuages, ou à lire. En tout cas, je ne veux plus avoir à me préoccuper ni de l'usine ni des formalités administratives !

— C'est-à-dire que…, hasarda le tatou en reculant de quelques pas par précaution.

Max rouvrit les yeux et fixa sur son employé un regard acide. Il misa sur le fait qu'un coup d'œil appuyé suffirait à dissuader le tatou de poursuivre, mais il n'en fut rien. Ce dernier se dandina et crut devoir insister.

— L'Ordre nous a contactés quatre fois depuis la réunion pour… euh… le rapport… au sujet du réveil de l'enfant… enfin, vous savez…

Oui, Max savait parfaitement, il avait juste espéré que personne ne le lui rappellerait, de sorte qu'il puisse tranquillement faire semblant d'avoir oublié. Mais, bien évidemment, quand on a besoin d'un gêneur, on en trouve toujours un.

— J'en ai ma claque de la paperasse, maugréa-t-il en inclinant la tête en arrière. Ils commencent à me courir sur le haricot, avec leurs formalités en trois exemplaires ! MacClaw n'a rien d'autre à faire que de lire les dossiers qu'il nous réclame ?

Le tatou ne répondit pas, il savait bien qu'on ne lui demandait pas vraiment son avis sur la question. De toute façon, il ne se voyait pas médire sur le compte d'un tigre géant susceptible de l'envoyer *ad patres* d'un coup de griffe malheureux.

— Je sais ce qu'on va faire, poursuivit Maximilien en se redressant.

— « On » ? laissa échapper le tatou d'une petite voix étranglée.

— Oui, « on », insista son directeur en l'observant avec insistance. Tu vas m'envoyer un stagiaire quelconque aux hangars, pour discuter avec Dike. Qu'il prenne une bonne bouteille et qu'il tire du lapin soûl une histoire cohérente. Il s'en servira pour écrire le rapport à ma place. Moi, je signerai.

Voyant que Max avait l'air parfaitement sérieux, le tatou soupira.

— Comme vous voulez, chef. Je ne suis pas sûr que MacClaw soit dupe, mais si vous insistez…

— J'insiste. On verra plus tard si ça passe ou non. Pour l'heure, je veux profiter de ma soirée.

Il se leva du lourd fauteuil dans lequel il avait végété depuis le début de l'après-midi et s'étira en faisant craquer quelques articulations.

— J'ai besoin d'air. Et North m'a agacé avec son histoire, là…

— Un souci avec le Vendeur de Nuit, chef?

Max hésita quelques instants, puis préféra noyer le poisson.

— Pas vraiment. Enfin, pas plus que d'habitude, je veux dire. Allez, je me sauve. Si tu as d'autres nouvelles à me communiquer, il faut parler maintenant, ou te taire à jamais.

Et, sans attendre la réponse, Maximilien doubla le tatou pour s'engager dans le couloir. Malgré tout, son employé lui emboîta le pas.

— En fait, en termes de nouvelles, on a deux dépêches de l'Ordre qui sont tombées, pour information.

— Ils ont retrouvé la gamine ?

Max ne se faisait guère d'illusions sur les capacités de fuite d'une jeune fille à Evernight, lâchée le jour de son arrivée dans une ville où elle ne connaissait personne. Même si elle avait réussi à trouver le rat de bibliothèque, il doutait que ce dernier soit parvenu à la tirer d'affaire.

Il eut un sourire en pensant à sa propre arrivée. Il avait échappé à l'Ordre des jours durant, lui, et avait trouvé la bibliothèque par ses propres moyens avec l'espoir secret d'y dénicher une solution. Au lieu de quoi, c'était lui qui avait été déniché par le rat. Là-dessus, on l'avait envoyé à l'orphelinat *manu militari*, comme les autres. Si cette fille avait été arrêtée, c'est là-bas qu'elle passerait la nuit. Il joua quelques secondes avec l'idée d'aller la voir.

— Eh bien non, répondit le tatou.

— Non quoi ?

— Non, ils ne l'ont pas attrapée.

Max s'arrêta tout net et se tourna vers l'animal.

— Ils ne l'ont pas attrapée ? Alors qu'ils avaient sa montre ?

Le tatou se dandina de nouveau, puis haussa les épaules.

— Manifestement, non. Ils ont dû cesser la traque du fait de l'attaque d'un Égrygor sur la ville et ils l'ont perdue dans la cohue. C'est l'une des deux dépêches.

Maximilien soupesa la nouvelle, la jugea drôle et se remit en marche. Cependant, l'évocation de l'Égrygor lui remit en tête l'appel de North et il assembla les pièces du puzzle rapidement.

— Eh bien, MacClaw n'est plus ce qu'il était. Quelle est l'autre nouvelle ?

Le tatou le suivait toujours et ils avaient presque gagné la terrasse. Max, qui n'aimait guère être confiné entre quatre murs, avait fait aménager cette dernière et y passait le plus clair de son temps. Il y avait installé un hamac, des coussins, sa planche de vol et quelques piles de bons romans. Avec un casse-croûte improvisé et une lampe d'appoint, c'était tout ce dont il avait besoin pour être heureux comme un roi. Il passait la moitié de ses nuits à lire dans le hamac ou à rêvasser sous la lumière scintillante des étoiles. Comme il s'y endormait neuf fois sur dix, cette terrasse surplombant son usine était pour ainsi dire sa chambre. Plus que n'importe où ailleurs sur Evernight, il s'y sentait libre. Personne ne l'y dérangeait jamais.

— L'autre nouvelle, c'est un avis de recherche, poursuivit le tatou sans le lâcher. Il y a eu une tentative de vol de la montre de l'humaine, justement. Un bandit a tenté de s'en emparer pendant l'attaque du cauchemar. Il a finalement pris la fuite quand Lord MacClaw s'est interposé, mais il n'a pas pu être arrêté non plus, ni identifié.

Max s'immobilisa pour la seconde fois, mais si brutalement que le tatou vint le heurter dans le dos.

— Comment ça, une tentative de vol de la montre ?

Il n'en croyait pas ses oreilles.

— Mais les montres ne valent rien et n'ont aucune utilité à part à la limite pour localiser leur propriétaire s'il est à Evernight. Quel intérêt de voler une stupide montre de sommeil ?

— L'Ordre ne l'a pas précisé, répondit le tatou en se frottant le museau.

Max resta pensif. Qu'une humaine échappe à MacClaw, soit. C'était rare, mais il y avait eu des précédents, il était bien placé pour le savoir. Qu'un Égrygor débarque à Riorim, passe encore, même si North lui avait très clairement indiqué que l'attaque avait sans doute été délibérée. Mais qu'est-ce que cette tentative de vol avait à voir avec tout cela ? Où ranger cette information et quelle conclusion en tirer ?

— C'est n'importe quoi, maugréa-t-il, fronçant les sourcils.

— L'Ordre est aussi surpris que vous, l'informa le tatou.

Il les comprenait ; il y avait de quoi.

— Merci pour ces informations, conclut le Marchand de Sable. Occupe-toi du rapport, maintenant, et ce sera parfait.

Le tatou hocha la tête.

— Oui, chef, répondit-il en saluant avant de s'éloigner.

Maximilien reprit son chemin en direction du surplomb, mais il avait à présent trop de choses en tête pour espérer encore jouir d'une soirée d'oisiveté. Les événements prenaient une tournure inhabituelle et il n'aimait pas cela du tout. D'une manière générale, il détestait ne pas comprendre. Quand les rouages ne s'assemblaient pas aussi naturellement qu'il le souhaitait, il ne pouvait plus penser à autre chose, ce qui l'irritait au plus haut point.

Il se laissa choir dans son hamac en cogitant. Il n'y avait eu qu'un seul autre phénomène étrange et digne d'intérêt dans cette folle journée. Il s'agissait peut-être là de la pièce manquante, surtout en repensant à ce qu'avait dit North. Il n'y avait qu'une personne susceptible de lui apporter une solution, mais cette personne était comme par hasard introuvable.

Max se redressa puis se laissa retomber en arrière dans son hamac, bras croisés derrière la tête. Là-haut, les lunes étaient voilées. Un groupe de cétacés accompagnait de sa danse le vol d'Alysae au milieu des nuages. La nuit était déjà bien avancée et les lunes hautes dans le ciel. Il était trop tard, même pour une visite de courtoisie.

— Où es-tu, Mathias ? murmura Max pour lui-même. Ce n'est pas ton domaine, les coups fourrés. D'habitude, c'est toi qui me sors des ennuis, pas l'inverse…

Le vent et le silence ne lui apportèrent aucune réponse. Max soupira et ferma les yeux, se laissant bercer par la brise de la nuit evernightienne.

12

Une nuit à Evernight

Les lunes, un peu voilées par des nuages épars, hasardaient leur lumière au-dessus de Riorim. Dans les rues désertées, le vent était le seul promeneur et les lampions colorés éclairaient surtout les pavés humides et les maisons silencieuses. On s'activait pourtant dans la ville, mais avec de moins en moins de motivation. Le découragement pointait le bout de son nez, un nez aussi pointu que celui des belettes qui s'escrimaient dans chaque venelle, à la recherche de Camille.

— Bon sang, mais ce n'est pas possible ! C'est la sixième fois qu'on perd le signal ! Qu'est-ce qui se passe, ce soir ?

Contrairement aux autres équipes, celle chargée de la récupération de l'humaine n'était pas rentrée au casernement pour y fêter à grands coups d'alcool de miel la victoire contre le cauchemar aqueux. Mac Claw avait émis le souhait de voir l'enfant entre leurs pattes avant l'aube, ledit souhait ressemblant furieusement à un ordre. On ne pouvait pas blâmer Mac Claw de vouloir au moins récupérer la petite ; ceux qui étaient partis à la recherche du voleur avaient fait chou blanc.

Le rat de bibliothèque, qui était venu au rapport dès la fin de l'alerte, leur avait appris que l'enfant était sur la place quelques instants auparavant. Mac Claw avait estimé qu'il serait aisé de venir à bout d'une gamine perdue dans la ville, surtout quand on disposait d'une montre pour la localiser. Sauf que ce n'était pas le cas : la tâche était ardue et tout indiquait que la montre ne fonctionnait pas. Le capitaine de l'équipe de recherche poussa un soupir retentissant.

— On ne va jamais la retrouver, à ce rythme-là…

Les soldats qui l'accompagnaient n'en pensaient pas moins, mais ils eurent la sagesse de se taire. L'aiguille de la montre indiquait sans cesse une direction différente. S'il advenait qu'elle reste fixe un instant, on pouvait être sûr qu'elle allait changer d'avis au coin de rue suivant.

— C'est à n'y rien comprendre ! poursuivit le capitaine pour lui-même. L'aiguille indique n'importe quoi et bouge tout le temps ! Ces variations n'ont aucun sens, elles sont trop brusques !

— Peut-être que la montre a été endommagée pendant l'attaque du voleur, chef, tenta timidement le soldat qui avait été victime de ladite attaque.

Le capitaine acquiesça sans quitter l'écran des yeux.

— C'est une possibilité, oui, mais on n'en a aucune certitude et pas les moyens de le vérifier. Mac Claw veut la petite aux arrêts avant le début de la matinée ! On n'a pas le temps de ramener ce fichu engin au Palais du Temps pour une révision express. Il va falloir faire avec.

Les belettes derrière lui échangèrent un regard dubitatif.

— Mais c'est que… heu… chef, si la montre ne marche pas, on ne la localisera jamais ! Elle peut être n'importe où dans Riorim !

Le capitaine le savait bien mais il se retourna néanmoins avec colère et posa les deux pattes sur les hanches, menaçant.

— Donc, votre proposition, c'est de rentrer à la base et de dire à Lord MacClaw : « Désolé patron, on ne l'a pas trouvée alors on est rentrés boire une pinte avec les copains ? »

Il obtint un silence gêné pour toute réponse, bien évidemment. Personne n'avait envie d'expliquer à un tigre en colère qu'on n'avait pas obéi aux ordres qu'il avait explicitement donnés. Absolument personne. Surtout pas un groupe de belettes épuisées.

— C'est bien ce qu'il me semblait, trancha le capitaine. Donc, on continue. Jusqu'à l'aube, s'il le faut, mais on lui met la main dessus, à cette mioche. Et on se bouge !

Ses soldats affectèrent un semblant de garde-à-vous et saluèrent. Satisfait, le capitaine se retourna et jeta un nouveau coup d'œil au cadran de la montre, dont l'aiguille de localisation avait bien évidemment bougé entre-temps.

— Maintenant, elle indique les quartiers populaires et le souk. On va aller y faire un tour, si les indications ne changent pas en chemin. En avant !

Il n'eut pas besoin de regarder derrière lui pour savoir qu'il serait suivi. Un remontage de bretelles en bonne et due forme au milieu de la nuit, ça requinquait une équipe, surtout si on y ajoutait une touche de menace et le nom de Mac Claw en filigrane.

Le groupe quitta l'artère bien éclairée dans laquelle il se trouvait et bifurqua vers le centre de la ville afin de gagner les quartiers pauvres. Bientôt, leurs pas se perdirent dans les ruelles et l'ombre reprit ses droits.

Du haut de l'ancienne tour de guet qui surplombait l'océan du côté ouest de la ville, le voleur se détendit. Il scruta la ruelle où les belettes avaient disparu, mais plus aucun son ni aucune lumière ne lui parvenait. Il patienta quelques instants, satisfait. Il se savait hors d'atteinte. Du bout des griffes, il pianota encore un peu sur le brouilleur et intensifia le signal. L'engin émit un petit « bip » discret et s'éteignit.

— Voilà, pas la peine d'en faire trop, décida-t-il. Tant que je brouille la montre, ils ne sont pas près de nous trouver. Et puis ils en ont pour un moment, ne serait-ce qu'à fouiller le souk. On devrait être tranquilles quelques heures, le temps de dormir un peu.

Lorsque l'appareil s'éteignit, le sommet de la tour fut à son tour plongé dans l'ombre et le voleur retint son souffle. Très lentement, ses yeux s'habituèrent à la faible lumière des lieux. Les astres gagnèrent peu à peu en intensité, se découpant par millions dans l'obscurité. À l'horizon, les deux lunes déployaient leur lumière diaphane dans la brume colorée qui montait de l'océan. Les nébuleuses s'épanchaient au-dessus de Riorim, laissant dériver leurs amas d'étoiles dans la nuit. Le ciel d'Evernight, bien différent de celui de la Terre, avait quelque chose de fabuleux. Comme si d'ici l'œil pouvait percevoir et embrasser toutes les merveilles de l'univers. Le voleur, en appui sur ses deux mains posées derrière lui, le nez en l'air et les jambes dans le vide, contemplait en silence la course des constellations. Il ne se lassait jamais de ce spectacle. S'il devait rentrer sur Terre, c'est ce qui lui manquerait le plus.

Sortant de son immobilité, il rajusta son costume que le vent avait un peu chiffonné et remit sa capuche. Il se leva en époussetant ses genoux et rangea le brouilleur de montre. À cette heure-là, les sbires de Mac Claw devaient à peine avoir rejoint les bas quartiers ; les passer au peigne fin leur prendrait le reste de la nuit. Il se savait tranquille, aussi tranquille qu'il était possible de l'être.

Finalement, l'échec de ce matin n'aura été qu'un contretemps, songea-t-il en pensant à son vol raté. *J'ai toujours une bonne longueur d'avance sur l'Ordre et j'ai bien l'intention d'en profiter. Même s'ils retournent la ville, ils ne nous trouveront jamais ici. Personne ne pense jamais aux anciennes tours. On peut dormir sur nos deux oreilles et préparer la suite.*

Derrière son masque, le voleur sourit. Il savait que, dès le lendemain, il aurait obtenu ce qu'il voulait. L'enfant était avec lui, il avait le brouilleur de montre et il connaissait tout du fonctionnement de l'Ordre. Il ne lui restait plus qu'à mettre son plan à exécution.

— Bientôt, murmura-t-il en regardant Camille qui, épuisée, s'était endormie dans la tour dès qu'ils y avaient mis les pieds.

Dans la faible lumière du petit feu qu'il avait allumé et dont il ne restait que des braises, elle avait l'air plus calme, mais plus vulnérable aussi. Ses pommettes crasseuses portaient encore la marque de ses larmes. Son arrivée avait été mouvementée, on ne pouvait pas la blâmer de craquer.

En une journée à Evernight, elle avait vécu bien davantage que la plupart des enfants perdus pendant tout leur séjour. De quoi retourner la tête et saper le moral de plus coriace qu'elle. Dès qu'il l'avait amenée dans son refuge, toute l'énergie de la petite l'avait quittée en même temps que l'inquiétude et la tension qui la minaient. Elle avait fondu en sanglots et s'était ensuite assoupie à même le sol. Il lui avait déposé une couverture sur les épaules et l'avait laissée se reposer avant de partir donner du fil à retordre aux belettes.

Maintenant qu'il en avait fini avec l'Ordre et qu'il revenait vers elle, il eut un instant de doute en la voyant là, allongée, emportée par un sommeil qui n'avait rien de réparateur. Quand elle se réveillerait, elle serait encore à Evernight, et aucun problème ne serait résolu. Il avait déjà fait cette expérience. Il la connaissait. Il faisait ce rêve tous les matins.

« Promets-moi. »

Il frissonna. La voix avait résonné dans sa tête aussi clairement que si les mots avaient réellement été prononcés. Il l'entendait. Le bruit des avions dans l'obscurité froide, le goût de la terre et le sang au bout de ses doigts. L'humidité, la poussière et le verre de ses lunettes, cassées. Le regard de Denis qui ne cillait pas.

« Promets-moi que tu vas revenir me chercher. »

L'odeur de l'humus mêlé au fer et à l'eau. La certitude de la mort. Il lui semblait voir encore les flammes au-delà du rideau de pierre. Il avait juré qu'il n'oublierait jamais.

Le voleur passa lentement sa patte griffue sur son masque et ferma les yeux. Camille se retourna dans son sommeil. Il envia les quelques minutes de répit dont elle bénéficiait. Depuis combien de temps n'avait-il pas fermé l'œil ? Il avait fait une promesse et devait la tenir.

— Mais à quel prix…, murmura-t-il, à quel prix.

Il tenta de chasser ses souvenirs, mais leur goût métallique demeurait ancré à son palais. Il secoua la tête. Camille s'agita une nouvelle fois, attirant son attention. La jeune fille fronça les sourcils, soupira et, finalement, ouvrit les yeux. Il la rejoignit en quelques pas, avant qu'elle n'ait eu le temps de se lever.

— Doucement, dit-il gentiment en l'aidant. Je ne pensais pas que tu te réveillerais aussi vite.

Elle lui jeta un regard vide avant d'observer les lieux, impassible.

— J'ai soif, finit-elle par dire d'une voix hachée. J'ai cru que j'allais rentrer chez moi. Je suis fatiguée.

— On le serait à moins, confia le voleur, rassuré de la voir aussi calme. Être à Evernight n'est pas de tout repos.

Camille hocha la tête et accepta l'outre qu'il lui tendait avec gratitude. Elle but longuement ; l'eau glacée lui fit du bien. Près d'elle, son compagnon s'était assis et sortait des beignets fourrés d'un petit paquetage. Elle comprit à quel point elle était affamée quand l'odeur de la viande froide et du pain la fit saliver par avance.

— Tiens, dit-il en lui tendant l'un des deux beignets. Mange, tu en as besoin.

— Merci, répondit-elle en prenant ce qu'il lui donnait, reconnaissante. J'ai beaucoup dormi ?

— Pas beaucoup, non, lui répondit-il en rangeant le second beignet sans y toucher. C'est déjà surprenant que tu aies pu t'assoupir. La journée a été longue, mais avec tout ce que tu as vu en si peu de temps… je suppose que c'est logique. Ce n'est pas facile de se réveiller de ce côté de la nuit.

Camille avala une bouchée et resta quelques secondes immobile, les yeux dans le vague. Puis elle se tourna vers lui et fronça les sourcils.

— Comment ça se fait que je me sois réveillée ici ? demanda-t-elle d'une voix sombre. Je ne savais même pas que…

— ... qu'Evernight existait ? termina-t-il en haussant les épaules. Personne ne le sait. Et tu oublieras, si tu repars. Mais c'est une bonne question.

Du bout de sa griffe, il se gratta la joue.

— La plupart des enfants arrivent ici parce qu'ils l'ont souhaité, dit-il finalement en croisant les bras sur ses genoux. Pas par des mots en l'air, mais un désir très fort. Une volonté de ne pas rester dans le monde réel, plutôt. Tu n'as rien fait de tel ?

Camille pensa à sa dernière soirée à la maison, au monstre-valise sur le tapis et à la pluie sur les toits de Londres. Le beignet prit un goût de sable dans sa bouche et elle pencha la tête, vaincue, incapable de répondre. Elle ne pouvait nier sa volonté d'échapper à la réalité. Ce soir-là, elle avait espéré qu'il n'y aurait pas de lendemain. Elle l'avait fait. De tout son cœur. Près d'elle, son compagnon patientait en silence.

— Je prends ça pour un oui, conclut-il en voyant que Camille ne répondrait pas.

Il soupira.

— Quel est ton nom, déjà ?

Camille avala à la hâte la bouchée de beignet collant et s'essuya les lèvres d'un revers de main avant de répondre.

— Camille, je m'appelle Camille. Je viens de Londres.

Son compagnon tressaillit, surpris.

— De… ? commença-t-il avant de secouer la tête, s'interrompant brusquement.

Comme Camille le regardait avec insistance, il reprit.

— Aucune importance, ne fais pas attention. Enchanté de te connaître, Camille. Tu peux m'appeler Sam.

Elle hocha la tête et reprit une bouchée de beignet. Sam poursuivit.

— Evernight est un peu compliqué, vois-tu. Quand un enfant se réveille de ce côté-ci de la nuit, ce n'est pas très bon signe pour ses habitants. Vous autres humains, vous représentez un danger pour ce monde. Alors, dès que l'un d'entre vous arrive, il est traqué par le tigre géant que tu as vu tout à l'heure, et il est arrêté.

— Arrêté ?

Camille demeura un instant interdite, puis elle réprima un frisson. Pour la seconde fois de la journée, elle avait l'impression d'être une criminelle et ce statut ne lui convenait pas du tout. Elle sentit la panique revenir, mais elle tâcha de ne rien laisser voir et surtout de refouler les sanglots qui menaçaient encore. Elle attendit patiemment que Sam reprenne, ce qu'il fit.

—Arrêté, oui. Vous n'êtes pas très bien vus et, d'une certaine façon, on peut dire que les humains sont dangereux, ici.

Sam attisa les braises et le feu repartit, folâtre et crépitant devant eux. Camille s'en sentit un peu rassérénée. Elle prit un nouveau morceau de beignet et le mâcha, mais elle n'avait plus grand appétit.

—Les services d'ordre de ce monde ne plaisantent pas. Ils disposent de montres, une pour chaque enfant qui se réveille. Ces objets leur permettent de localiser ceux-ci. En temps normal, elles sont personnelles, et elles permettent juste de calculer le temps de sommeil. Quand l'une d'entre elles se déconnecte, c'est que l'enfant est réveillé ; elle indique alors où il se trouve. Elles permettent aux belettes de l'Ordre de le localiser n'importe où à Evernight. Tant qu'ils auront ta montre, ils sauront où tu es.

Camille posa le beignet près d'elle. Elle avait la gorge très serrée et elle savait qu'elle ne pourrait rien avaler de plus, mais elle ne voulait pas paraître impolie. Elle attendit un peu puis, voyant que le silence s'éternisait, se risqua à intervenir.

—Qu'est-ce qu'ils font aux enfants, une fois qu'ils les ont trouvés ? demanda-t-elle d'une petite voix.

—Ah, ça, répondit Sam en soupirant. Ils les envoient dans un orphelinat, sur le continent. Personne ne sait exactement à quel endroit il se trouve.

Le regard perdu dans la contemplation des fresques aux couleurs passées qui ornaient le mur, Sam garda le silence quelques instants. Camille suivit son regard et contempla à son tour les peintures fatiguées. Le feu, prenant un peu de vigueur, en reflétait les scènes principales. Quelque part au milieu des dessins grêlés de moisissures, un cauchemar aqueux aux yeux rouges menaçait des souris apeurées qui fuyaient devant les flots. Camille se souvint que le rat de bibliothèque avait lui aussi mentionné un orphelinat avant l'attaque de l'Égrygor. Elle sentit le découragement l'envahir de nouveau.

—Il n'y a pas d'habitants sur le continent, reprit Sam d'une voix triste. C'est très dangereux, là-bas. Mais c'est pourtant à cet endroit qu'ils envoient les enfants. Aucun d'entre eux n'en revient.

Camille en fut interloquée. Quelque chose ne collait pas.

—Mais ce matin, j'ai croisé un enfant, dit-elle, hésitante.

Sam fixa son regard sur elle, manifestement surpris, même si son masque dissimulait son expression. Puis, soudain, il claqua des doigts.

—Bien sûr ! Tu as dû voir Maximilien.

—Maximilien, répéta Camille, cherchant à se souvenir si le garçon sur le nuage lui avait dit son nom ou pas.

—Le Marchand de Sable.

Camille hocha la tête, et Sam acquiesça.

—C'est logique. C'est souvent chez lui que les enfants se réveillent. Il gère le domaine des rêves.

Camille repensa aux récriminations du garçon qui l'avait accueillie à Evernight et sourit malgré elle. C'est aussi ce qu'il avait eu l'air de dire, que ça arrivait trop souvent chez lui. Sam tendit un index vers le haut.

— Oh, et puis tu as dû voir North, aussi, même si c'était un peu rapide. C'est elle qui a lutté contre le cauchemar, sur la place. Tu as assisté au combat, n'est-ce pas ?

Camille confirma du bout des lèvres, Sam haussa les épaules.

— C'est vrai, concéda-t-il enfin. Il y a trois enfants qui sont libres de circuler à Evernight, comme Maximilien et North. Ils ont fait un pacte, pour ça. Ils sont vendus à l'autre camp, ils travaillent pour Evernight. Crois-moi, Camille, il n'y aura pas grand monde pour t'aider, ici. Non, sincèrement. Dès que MacClaw et ses belettes t'auront trouvée, ils t'enverront à l'orphelinat, et là...

Camille n'insista pas. Elle se recroquevilla, essayant de capter un peu de chaleur en provenance du feu mourant. La fatigue reprenait le dessus maintenant qu'elle avait un peu mangé, mais l'inquiétude demeurait.

— Comment je dois faire pour rentrer chez moi, Sam ? demanda-t-elle finalement.

Son compagnon l'observa longuement et soupira.

— Sitôt le vœu d'échapper au réel exaucé, on ne pense qu'à rentrer, hein ?

Une pointe de culpabilité étreignit Camille ; elle pensa à son père, au pensionnat, et la douleur d'être abandonnée dans ce monde la submergea. Elle refoula ses larmes *in extremis*. Sam ne l'avait pas quittée des yeux, mais il se finit par se détourner.

— Je ne te blâme pas, tu sais, dit-il d'une voix douce. Ce n'est pas un monde de rêve, Evernight. Je comprends ton envie d'en partir. Mais ce n'est pas si facile…

Il gardait la tête penchée en avant mais, du coin de l'œil, il voyait Camille qui le scrutait intensément. Et ce regard-là ne mentait pas. Il disait avec toute la sincérité du monde qu'elle était prête à tout. Avant même de parler, Sam savait que la partie était gagnée pour lui. Il chercha les mots qui convenaient.

— Eh bien, énonça-t-il finalement, je suppose que la première chose à faire pour rentrer, c'est d'abord de récupérer ta montre. Ce sont les belettes qui la détiennent, et la leur dérober ne va pas être une partie de plaisir. Pourtant, sans ta montre, tu ne peux pas espérer quitter ce monde.

Il chercha à voir si elle doutait, mais son expression n'avait pas changé. Elle réfléchissait, tendue. Manifestement, elle n'avait pas compris, sur la place, que c'était justement cette montre qu'il cherchait à obtenir. Sam respira plus facilement. Il ne risquait rien, il avait sa confiance.

— Si tu veux, glissa-t-il, je peux t'aider à la récupérer.

La lueur d'espoir et de gratitude qu'il lut sur son visage lui fut presque insupportable. Les remords s'emparèrent de lui sournoisement, sans prévenir, et il eut toutes les peines du monde à ne pas renoncer à son plan avant même de l'avoir mis à exécution. Il se raidit, ferma les yeux et se remémora son objectif. Il n'avait pas le droit d'hésiter. Il avait fait une promesse. La confiance de cette fille, c'est ce qu'il avait cherché à obtenir en lui mentant. Il avait le devoir d'en assumer les conséquences. Quand il rouvrit les yeux, Camille rayonnait.

— Vraiment ? demanda-t-elle, se redressant à demi. Tu peux m'aider ? Comment va-t-on faire ?

Sam leva les deux mains en signe d'apaisement.

— Chaque chose en son temps, Camille. Allons-y par étapes. Je crois que j'ai quelques idées, mais elles attendront le lever du jour !

Il hocha la tête avec conviction, cherchant à rassurer l'enfant.

— Les belettes ont aussi quelque chose qui m'appartient et que j'essaie de récupérer, confia-t-il, mentant avec l'assurance de celui qui a déjà emporté la victoire. Nous récupérerons ta montre en même temps. Ton aide ne sera pas superflue.

Camille écoutait, avide. Sam eut de nouveau honte, pendant une fraction de seconde, mais il se reprit rapidement.

— Je t'expliquerai tout ça demain, conclut-il. Pour l'heure, il est tard. Le couvre-feu va sonner d'un instant à l'autre. Il vaut mieux se reposer et prendre des forces en attendant l'aube. As-tu encore faim ?

La jeune fille secoua la tête. Sam ramassa le beignet entamé et l'empaqueta soigneusement avant de recouvrir le feu de cendres. Les braises disparurent et l'obscurité envahit l'intérieur de la tour. Dehors, la lumière des deux lunes éclairait encore faiblement la ville, laissant la silhouette de Sam se découper dans l'ombre.

— Essaie de dormir, dans ce cas. Je prends le premier tour de veille, tu as plus besoin de repos que moi. Ne t'inquiète de rien, je m'occupe de tout.

Camille s'allongea sans rechigner et se couvrit de nouveau, souriant dans l'obscurité.

— Merci beaucoup, Sam, dit-elle, pleine de reconnaissance. À demain.

— À demain, répondit-il, la gorge serrée.

Lorsqu'il sortit de la tour, le vent nocturne le fouetta et il n'en respira que plus librement. À ses pieds, la ville s'étalait en toute quiétude, elle aussi. Comme il l'avait pressenti, l'heure était venue. Une à une, les rues s'éteignaient, se laissant engloutir par la nuit. Sam regarda les bâtiments qui sombraient dans l'obscurité. Il se sentait plus tranquille, mais plus triste aussi. Il savait que, dans la tour, Camille ne tarderait pas à trouver le sommeil, rassurée qu'elle était de pouvoir rapidement retourner à Londres. Il songea à la montre, à la terre, et au goût du sang. Il songea aux larmes qu'il versait lui aussi, de temps en temps.

— Mais à quel prix, répéta-t-il une dernière fois en s'asseyant près du bord, les jambes dans le vide et les idées plus sombres que les eaux de l'océan.

13

Doutes

Au milieu des nuages épais, Alysae évoluait comme un gros voilier paresseux. L'usine de Maximilien envoyait dans l'azur le bruit de ses hélices et de ses cordages, tout en virant de bord sous la poussée des vents. Tanguant sous la brise, elle avançait lentement dans le ciel, escortée de myriades de dauphins qui jouaient entre les racines flottantes. Max, avec toute cette belle imagination qui le caractérisait, avait été capable de créer une usine aussi surprenante que belle, à mi-chemin entre l'arbre et le bateau, le tout dérivant sans fin au-dessus de l'océan. Son navire végétal. Outre son aspect incongru, Alysae avait une utilité pratique. Depuis sa conception et jusqu'à ce jour, c'était la plus rentable des usines evernightiennes. Alysae était la première machine à exploiter l'énergie des rêves cristallisés en nuages et Max veillait à ce qu'elle le fasse bien et surtout sans lui, autant que possible. Son poste de président ne l'intéressait guère. Il préférait largement déléguer ses obligations à ses tatous, même si ceux-ci n'étaient pas toujours d'accord.

— La paix ! imposa Max en levant les bras, excédé.

L'armée de tatous qui l'entourait recula, soudain apeurée, mais ce ne fut que pour mieux revenir à la charge dès que leur chef se pencha de nouveau en avant pour s'occuper des fixations de sa planche de surf.

— Patron, insista le plus proche d'entre eux, vous n'y pensez pas sérieusement...

— J'y pense très sérieusement, espèce de boulet incompétent ! aboya Max en lui jetant un regard noir. Qu'est-ce qui vous prend, aujourd'hui ? Vous avez besoin d'une nounou ? La zone quatre est suffisamment pourvue en nuages de rêves pour que vous puissiez l'exploiter toute la journée sans m'avoir sur le dos, non ? Vous vous passerez de moi, un point c'est tout !

— Mais, Chef, hasarda un autre tatou en avançant timidement, l'Ordre a expressément demandé que vous vous teniez à sa disposition pour…

— Au diable MacClaw ! interrompit Max en levant les mains au ciel. Lui aussi, il va falloir qu'il apprenne à faire sans moi. J'ai d'autres tigres à fouetter.

Les tatous s'entre-regardèrent, indécis, pendant que Max achevait de refermer les attaches de son bolide en grommelant. Quand il se redressa pour mettre ses mitaines de cuir vert, ses acolytes avaient pratiquement abandonné la lutte.

— Mais… c'est-à-dire…, tenta enfin un troisième tatou, et s'il cherche à vous joindre ?

Voyant qu'il avait gagné la partie, Max haussa les épaules et se radoucit.

— Détournez tous les appels sur ma watchlike, les gars. Et surtout ne dites à personne où je suis !

Il pointa un index menaçant vers l'assemblée, qui recula derechef. Le geste aurait sans doute eu un meilleur effet si la watchlike n'en avait pas profité pour sonner sournoisement pile à ce moment-là.

— Forcément, râla Maximilien en décrochant, écœuré.

Il hésita, mais mieux valait répondre.

— Oui, MacClaw ? dit-il d'une voix mielleuse, qu'y a-t-il pour votre service ?

À l'autre bout du fil, le tigre n'avait pas l'air d'humeur à plaisanter.

— Vous osez me le demander ? Après le rapport que vous avez eu le front de m'envoyer ? J'ai bien peur d'avoir à vous demander de le réécrire. Ce torchon est illisible et il m'a fait perdre un temps précieux.

— Parce que vous l'avez lu ?

L'incrédulité de Maximilien n'était pas tout à fait feinte. Il jeta à son appareil un regard sceptique avant de reprendre la conversation.

— Non mais sincèrement, vous n'avez que ça à faire de vos journées ?

Il n'était nul besoin de voir le tigre pour sentir à sa voix, coupante comme un rasoir, que les limites de sa patience avaient été franchies depuis longtemps.

— Vous aussi vous n'aurez bientôt plus que ça à faire, Maximilien ! Si vous ne remplissez pas vos obligations plus sérieusement, nous trouverons un moyen de vous coller à la gestion des archives jusqu'à ce que vous demandiez grâce! Vous allez me rédiger un rapport digne de ce nom que je puisse présenter sans honte devant l'Autorité, c'est bien compris?

Le chef de l'Ordre raccrocha sans attendre la réponse, exaspéré. Pendant quelques instants, Maximilien contempla sa watchlike sans bouger, affichant une mine dépitée. Enfin, il referma le clapet d'un coup sec et raccrocha l'appareil à sa ceinture.

— Bien compris. Je vais te la faire, ta paperasse, tigrounet.

La petite armée de tatous laissa échapper un soupir de soulagement que le démarrage de la planche de surf ne tarda pourtant pas à dissiper. L'un des employés ouvrit la bouche pour lancer un vain avertissement, mais le bruit de la planche lancée à plein régime et la colère empêchaient de toute façon Max d'entendre quoi que ce soit.

— Je vais le faire, mais je n'ai pas dit quand, acheva le Marchand de Sable en fixant ses lunettes de vol. Dans l'immédiat, j'ai d'autres priorités.

Ciao, les gars, veillez bien sur la maison pendant mon absence!

Et de décoller *illico*, fusant à toute vitesse en direction des nuages proches. Les tatous le suivirent des yeux, abasourdis. Ils connaissaient leur chef, mais peu nombreux étaient ceux qui avaient réussi à s'habituer à son comportement imprévisible. L'un d'entre eux secoua la tête avant de donner le signal du retour. Le gros des troupes lui emboîta le pas quand il s'engagea dans l'escalier d'Alysae, prêt à retourner au travail et à obéir aux ordres. Un traînard désigna le surf volant, qui n'était plus qu'un point dans le ciel, et se tourna vers ses congénères.

— Mais il va revenir, hein? demanda-t-il, hésitant. Il plaisante, non?

Manifestement, Max ne plaisantait pas. Il fendait le vent et s'élevait le plus haut possible, ne pensant déjà plus du tout ni à son usine, ni à ses tatous, ni à aucun impératif. La mâchoire crispée, il réfléchissait tout en se soûlant de vitesse. Il commençait à se faire une idée assez précise de ce qui avait pu se passer à Riorim la veille, et les conclusions auxquelles il était parvenu ne lui plaisaient pas du tout. Il n'y avait qu'un seul moyen d'en avoir le cœur net et, tant qu'il n'aurait pas réussi à obtenir des preuves, il ne s'occuperait de rien d'autre. Les dauphins l'accompagnèrent un temps avant de décrocher, abandonnant la course trop rapide et les vents froids. Il ne s'en aperçut même pas.

—À nous deux, Maître, murmura-t-il en se fondant dans l'horizon.

À la Ville-Envers, MacClaw avait rangé sa watchlike et espérait que Max tiendrait compte de son avertissement. Le chef de l'Ordre n'était pas méchant, mais sa patience était limitée et le Marchand de Sable avait tendance à l'user chaque jour un peu plus. Des trois enfants qui disposaient d'un contrat avec l'Autorité, c'était celui qu'il regrettait le plus d'avoir à gérer.

—Cet humain est une plaie, maugréa-t-il en rangeant l'appareil. Ils le sont tous, mais celui-là encore plus que les autres.

L'un de ses capitaines, qui se trouvait près de lui, haussa les épaules en l'entendant.

— Mais on ne peut pas se passer d'eux, Mylord, dit-il en secouant la tête. Leur capacité au Changement…

— … a failli nous conduire aux portes de l'anéantissement, l'interrompit Mac Claw.

Dans sa mémoire, les souvenirs de la ville emprisonnée sous les glaces s'insinuèrent. La levée des glaciers, comme un raz-de-marée solide, broyant les tours blanches et le quartier marchand. Les cris des blessés, le sang des mourants. La fuite dans la nuit, sous la neige, tandis que le vent sifflait comme un Égrygor déchaîné et que le givre faisait craquer la pierre comme du verre. Il n'oublierait jamais la vision de la ville à l'aube, dans son écrin de glace, même s'il n'était alors qu'un tigreau. Ils avaient tout perdu si vite… Et le peuple félin, pris à la gorge, qui disparaissait depuis, lentement mais sûrement. Les siens ne s'étaient jamais relevés de cette catastrophe qui avait, en fin de compte, permis à tous de prendre la mesure du risque que les enfants faisaient courir à Evernight.

Si les félins ne s'étaient pas mêlés d'accueillir les enfants, lorsque leur venue dans ce monde était encore une nouveauté, jamais le drame ne se serait produit… mais qui aurait pu prévoir que la capacité au Changement des enfants égarés était synonyme de telles atrocités ? Les conséquences de ce désastre avaient été terribles. Avec la destruction de leur ville principale et de la majorité de leurs congénères, son peuple s'était pour ainsi dire engagé sur le chemin de leur disparition. Jamais ils ne retrouveraient leur superbe d'antan, ni le savoir, engloutis sous les glaces avec les fantômes d'un passé glorieux.

Que l'Autorité ait décidé par la suite de confiner les humains à l'orphelinat n'y changeait rien. Les siens, incapables de mettre leur fierté de côté et trop peu nombreux pour maintenir leur population, disparaîtraient bientôt d'Evernight comme les canins avant eux. Responsable de la disparition de ces derniers, ils étaient à présent condamnés à subir le même sort.

— Aucun humain ne devrait être autorisé à rester ici, murmura finalement le tigre pour lui-même. Aucun.

Mais Max, comme North et comme Mathias, hanterait ce monde encore longtemps. Depuis le ciel, les pensées du Marchand de Sable s'égaraient dans le même sens que celles du Maître de l'Ordre et le rendaient morose. Pourtant, il devrait encore s'arrêter en route avant d'espérer obtenir une réponse à ses questions. Il avait calculé sa trajectoire au plus juste, mais, s'il ne se trompait pas, il n'aurait pas besoin de faire un détour pour trouver ce qu'il cherchait. Glissant entre les nuages, il jetait de temps à autre un regard vers l'océan en contrebas. Malgré la vitesse, impressionnante, Max savait qu'il ne risquait rien. La planche, conçue par ses soins, fonctionnait à l'énergie des rêves et était capable de se recharger à même les nuages qu'il traversait. Impossible de tomber en panne dans ces conditions. Quand bien même il y aurait eu un problème, Maximilien se savait tout à fait capable d'avoir recours au Changement pour éviter une chute mortelle dans l'océan de larmes. Il était le meilleur à ce petit jeu. Il l'avait toujours été.

Le Changement… Cette capacité qui faisait tellement peur à Mac Claw avait pourtant été essentielle dans le développement d'Evernight. Les humains détenaient un pouvoir sur ce monde, un pouvoir aussi dangereux que puissant. Evernight étant généré par les esprits des hommes en sommeil, ceux qui s'y réveillaient avaient, depuis toujours, eu la possibilité de le modifier selon leur bon vouloir. Certains contrôlaient leurs capacités ; Max était sans doute l'un des meilleurs créateurs jamais éveillés de ce côté de la nuit et il n'avait jamais commis la moindre bévue lorsqu'il se servait du Changement.

Cependant, d'autres avaient suffisamment manqué leur coup pour qu'Evernight et sa population apprennent à se méfier des enfants. Comme l'avait souligné Mac Claw lors de la réunion, la Ville des Glaces était un très bon exemple. Il ne pouvait nier que, sans les humains, jamais une telle calamité ne se serait produite. Bien sûr, c'était avant que l'Autorité n'entreprenne de parquer et de contrôler les enfants éveillés mais, à cette époque, un seul enfant avait pratiquement réduit à néant tout un peuple… Depuis, les rares survivants, dont MacClaw, ne portaient pas les humains dans leur cœur.

Malgré tout, c'était grâce à ce pouvoir que trois enfants, dont Max, avaient pu rester ici. Ils avaient vendu leurs capacités et leurs inventions en échange d'un permis de séjour, pour ainsi dire. Le contrat qu'ils avaient passé avec l'Autorité était plein de clauses et d'alinéas franchement à leur désavantage, mais ils auraient tout accepté pour ne pas repartir. Et, si Max était l'un des plus doués à ce petit jeu de création, il n'en était pas moins inquiet que North. Il tenait à son statut de résident permanent. Il avait beau s'en défendre, cette histoire de poudre à Égrygor, de vol de montre et d'humaine en fuite l'inquiétait. Il se demanda, l'espace d'un instant, s'il n'allait pas regretter sa décision d'avoir laissé fuir la fille. Si elle avait été conduite à l'orphelinat du Cheval-Pendu, comme elle aurait dû l'être, rien de tout cela ne serait arrivé. Peut-être même sa montre aurait-elle pu être reconnectée immédiatement et Camille serait-elle rentrée chez elle depuis longtemps. Il s'en voulait.

Avisant entre deux nuages une masse sombre qui se découpait au milieu de l'eau, Max cessa immédiatement de ressasser son erreur. Il obliqua de tout son poids avant de plonger tête en bas vers l'océan. La vitesse le grisa et il retint la chute jusqu'au dernier moment, ne se redressant qu'à la dernière seconde. Il rasa les flots à une allure folle, projetant des moutons d'écume sur son passage tandis qu'il tournait autour d'Aguarian. Écartant les bras, il goûta le souffle du vent sur sa peau et le bruit de l'eau sifflant sous la poussée du surf l'enivra.

— Le goéland voit le plus loin qui vole le plus haut, murmura-t-il en citant de mémoire un roman de Richard Bach.

Jonathan Livingston le goéland, qui voulait aller plus vite, être libre, et qui finalement avait trouvé le monde au-delà du monde. Il se sentait étrangement proche de lui. Même si les oiseaux étaient rares, à Evernight, et qu'aucun n'était digne de confiance, il les avait toujours aimés. Pour ce qu'il en savait, tous les représentants de cet ordre se trouvaient sur les continents, et on ne pouvait rien croire de ce que disaient ceux qui habitaient sur les continents.

Bifurquant sans ralentir au ras de la tortue, Max passa dans l'ombre de sa masse colossale et chercha un endroit où se poser. On avait dû le repérer, là-dedans, car l'animal mécanique s'immobilisait doucement, soufflant par ses cheminées de propulsion de l'énergie sombre qui retournait à l'océan en formant de lourdes volutes dans les courants. Sur la carapace, un bruit se fit entendre. Un panneau glissa lentement vers l'arrière, découvrant une écoutille d'où sortit un robot de métal blanc. Son œil unique, rouge sang, ressortait immanquablement au milieu de son visage inexpressif. Max ralentit et vint poser sa planche à quelques pas de là, sous l'œil attentif et indulgent du robot immobile. Max se détacha et gagna l'entrée sans attendre, ôtant en chemin ses lunettes et ses mitaines. Le robot s'inclina lorsque l'invité fut suffisamment proche.

— Monseigneur, dit le robot de sa voix métallique. Nous sommes honorés de cette visite impromptue. Que peut faire Aguarian pour vous ?

— M'étonnerait que la taulière de cette bestiole mécanique soit « honorée » de ma présence, se moqua Max en doublant le robot pour entrer sans y avoir été invité. Mais, de toute façon, honorée ou pas, j'ai des trucs à lui dire et elle va les entendre.

Le robot lui emboîta le pas sans protester, manifestement coutumier de la conduite inconséquente du Marchand de Sable.

— La directrice d'Aguarian souhaite vous informer…

— Laisse-moi deviner. Elle est occupée et n'a pas une seconde à m'accorder. Réponds-lui que je m'en moque et que je vais la trouver, où qu'elle se cache dans son reptile à pistons.

Comme tous les employés mécaniques de North, le robot était relié à tous les autres, de sorte qu'il avait pu faire parvenir à North la nouvelle de l'arrivée de Max pratiquement en temps réel. De même, la remarque acerbe du Marchand de Sable avait trouvé son chemin jusqu'à celle à qui elle était destinée, et le robot hésita en obtenant la réponse. Il préféra reformuler.

— Le Vendeur de Nuit vous fait savoir qu'elle va vous recevoir, dans ce cas. Mais elle tient à préciser que cette intrusion sans préavis n'est pas du meilleur effet sur son humeur.

Max rit et secoua la tête.

—Non, ça, c'est toi qui tiens à le préciser. Mais merci pour l'info.

Il laissa ensuite la machine passer devant lui et le guider dans les couloirs labyrinthiques d'Aguarian. Partout où il posait les yeux, Max pouvait voir les robots en action. Le fait que la tortue se soit immobilisée n'avait en rien ralenti la production d'énergie, et les rouages de l'usine émettaient encore leurs ronronnements sourds. Exploiter les cauchemars était plus coûteux et plus compliqué qu'user de rêves, comme il le faisait. Néanmoins, c'était une énergie plus concentrée et plus subtile. Même quand il avait bâti Alysae pour tirer des nuages une puissance deux fois supérieure à celle tirée des cauchemars, Evernight n'avait pu renoncer à l'exploitation de ces derniers.

North était passée maîtresse dans les processus d'extraction et ses capacités étaient unanimement reconnues. De plus, elle avait à ce jour le monopole sur les méthodes de cristallisation des aiguilles personnelles. Sans cette capacité à purifier et concentrer l'eau de sommeil pour obtenir l'essence d'une personne et d'une seule, le Maître du Temps aurait eu toutes les peines du monde à créer les montres. Or celles-ci étaient d'une importance capitale, puisqu'elles permettaient de contrôler le nombre d'humains en train de rêver et donc tous les flux d'énergie arrivant à Evernight. L'union de Mathias et de North dans ce domaine avait augmenté de façon exponentielle le nombre de montres créées et augmenté d'autant la stabilité du monde qui les avait accueillis.

Max n'avait, pour l'heure, trouvé aucun moyen de rivaliser avec le procédé de purification d'Aguarian. Il ne cherchait pas non plus à le faire. Le combustible tiré des nuages de rêves rapportait davantage et était le plus utilisé en Evernight ; il y avait bien assez de travail à fournir comme ça pour satisfaire les demandes courantes.

— Par ici, je vous prie, indiqua le robot en s'effaçant devant Max, ramenant celui-ci à la réalité.

Maximilien haussa les sourcils. Ses réflexions avaient dû le distraire car, tandis qu'il songeait à tout autre chose, le robot et lui s'étaient enfoncés dans les profondeurs d'Aguarian. Ils se trouvaient tous deux dans un couloir aveugle, face à une porte qui évoquait celle d'un sous-marin, avec ses gros boulons apparents et sa forme arrondie. Le Marchand de Sable n'était pas claustrophobe, mais il grimaça malgré tout. S'il avait préféré créer une usine volant à six mille pieds au-dessus de l'océan, ce n'était pas par hasard. Malgré tout, il accorda un hochement de tête au robot et passa la porte sans rien laisser paraître. L'impression de confinement qu'il avait ressenti disparut dès qu'il fut de l'autre côté.

La pièce dans laquelle il entra, spacieuse et sombre, disposait d'immenses baies vitrées donnant sur l'obscurité de l'océan. Au milieu de l'eau, des formes se mouvaient. Les vitres épaisses, enchâssées solidement par de lourds montants métalliques, avaient l'air de pouvoir résister à un assaut de cauchemars, mais Max frissonna néanmoins en songeant à tout ce qui errait là-derrière. L'eau des océans d'Evernight représentait un danger mortel pour quiconque entrait en contact avec elle et il ne parvenait jamais à l'oublier complètement. En outre, la simple mention du liquide lui était pénible. Elle lui rappelait de mauvais souvenirs, des souvenirs de sa vie réelle, de « là-haut » comme il disait. Une vie qu'il avait choisi de quitter pour de très bonnes raisons. Il n'aimait pas y repenser.

— Tu n'as pas l'air à ton aise, se moqua North en lui jetant un regard condescendant.

La jeune fille était en train de lire des feuilles de comptes et elle n'avait relevé la tête à son entrée que pour mieux replonger dans sa lecture sitôt sa remarque acerbe envoyée. Elle se trouvait au milieu de la pièce au sol métallique, assise dans un canapé élimé posé sur un tapis sombre tout aussi vétuste. Avec la table basse et les étagères pleines de livres situées tout au fond, il s'agissait du seul mobilier de l'endroit. Les murs nus, du même métal bleuté que le sol, renvoyaient les reflets de l'onde diffractant la lumière.

Sur la table basse, le contenu de gros classeurs avait été vidé en autant de tas de feuilles bardées de chiffres. Certaines pages avaient glissé sur le sol sans que personne n'ait songé à les ramasser. La faible lumière qui émanait de l'eau était à peine contrebalancée par celle des plafonniers et l'ensemble donnait un éclairage tamisé. N'importe qui se serait tué les yeux à essayer de travailler dans une telle pénombre. Impossible de lire dans ces conditions. Il faisait sombre et l'odeur du métal froid rappelait celle de la pluie d'hiver. Max fit la grimace. Contrairement à lui, North avait l'air parfaitement détendue au milieu de ce tableau.

— Je ne sais pas comment tu fais pour te sentir si bien dans cette boîte de conserve à nageoires, lança le Marchand de Sable. Ça me dépasse.

— Beaucoup de choses te dépassent, en ce moment, rétorqua North en suivant du doigt une ligne de comptes.

Elle laissa Max approcher avant de poser sa feuille. Tandis qu'il patientait en regardant par les vitres les arabesques formées par les remous le long de l'appareil, elle prit la sucette que son robot personnel lui tendait et s'affala dans le canapé, les bras reposant sur le dossier.

— Bon, que me vaut le plaisir de ta présence dans mon antre sous-marin ? demanda-t-elle enfin.

Alors que Maximilien cherchait ses mots, elle congédia d'un geste le robot qui avait escorté son invité et qui attendait en silence à la porte.

La machine s'inclina et sortit, refermant derrière elle. Le Marchand de Sable se retourna aussitôt, affichant un visage plus sérieux que de coutume. Un sérieux qui avait été croissant, ces derniers jours, songea North un instant.

— Ma grande, je crois qu'il faut que tu détruises ton stock d'E.P. de toute urgence, déclara-t-il de but en blanc.

North fronça les sourcils, interloquée.

— Et je peux te demander pourquoi je suis censée faire ça ?

Max agita la main d'un geste agacé.

— Tu peux, mais je te croyais assez maligne pour avoir trouvé la réponse toute seule. À ma grande surprise, on dirait que j'ai présumé de ton intelligence, et je vais donc reprendre le raisonnement. Si je vais trop vite, n'hésite pas à poser des questions.

North serra les poings à s'en faire blanchir les phalanges, mais s'abstint de répliquer. Maximilien hésita, puis préféra poursuivre plutôt que de s'attirer pour de bon la colère de son interlocutrice en faisant durer la plaisanterie.

— Personne à Evernight ne sait que tu es parvenue à créer une poudre qui attire les Égrygors comme les abeilles sur un pot de miel. Personne hormis toi-même, bien sûr, Mathias, et moi. Tu as sagement caché ta découverte à l'Ordre et à l'Autorité, parce que tu as senti que ça allait te causer des problèmes, et on était tout à fait d'accord sur le sujet.

Il attendit la confirmation de North, qui hocha la tête, songeuse.

— Bon, poursuivit Max en s'approchant. Ce n'est pas toi qui l'as utilisée à Riorim, sans quoi tu ne m'aurais pas accusé. Ce n'est pas moi non plus, sincèrement, sinon j'aurais avoué quand tu es venue me poser la question. Quitte à faire une blague, autant que ça se sache.

North voulut protester, mais il l'arrêta d'un geste et revint vers elle. En un clin d'œil, Max éparpilla en tous sens les feuilles situées sur le canapé et se ménagea une place près de la jeune fille.

— Il ne reste donc qu'une possibilité, acheva-t-il en s'asseyant lourdement près d'elle, soulevant un nuage de poussière.

North se crispa.

— Ce n'est pas possible, lâcha-t-elle d'une voix glaciale.

Maximilien leva les yeux au ciel.

— Pourquoi ? demanda-t-il en croisant les doigts et en se rencognant dans le canapé, faussement attentif.

— Mathias n'avait aucune raison de se servir de la poudre à Égrygor. Il n'aurait pas fait ça. Jamais.

— Tu as essayé de le joindre ?

North hocha la tête.

— Il ne répond pas, ni aux appels, ni aux messages. Il doit être occupé…

Le Marchand de Sable resta impassible, mais l'agacement perça néanmoins dans sa voix quand il reprit la parole.

— Le fait qu'on ne sache pas pourquoi il a agi ne veut pas dire qu'il est innocent. On ne connaît pas sa motivation, c'est tout. D'autre part, quand tu dis qu'il ne s'en serait pas servi, ce que j'entends c'est plutôt : « Il ne m'aurait jamais fait un plan pareil. » Mais, du coup, tu apportes de l'eau à mon moulin.

North redressa la tête, en proie au doute. Max ne la lâcha pas.

— Tu lui as donné de l'E.P., hein, coquine ?

Négligeant le ton familier que Max avait choisi, North se contenta d'acquiescer en gémissant.

— Quand ça ?

— Il y a quelques semaines, peut-être plus... Il m'en a demandé une petite quantité, mais...

— Mais, même devant l'évidence, tu n'as pas voulu croire que l'irréprochable Mathias ait pu décider quoi que ce soit susceptible de te plonger dans les ennuis jusqu'aux canines. Non, bien sûr, pas Mathias, lui qui est si parfait. Accusons plutôt Max, qui joue les imbéciles tout le temps et qui sera un bouc émissaire acceptable, même s'il n'avait aucunement les moyens d'obtenir la plus petite miette d'E.P.

Le ton était devenu cinglant ; North bondit.

— Max, arrête. Avoue que ce genre de délire te ressemble davantage. Je pensais juste que Mathias...

— ... ne pouvait rien envisager d'aussi ouvertement provocateur contre Evernight, termina le jeune homme d'une voix offusquée en prenant son menton dans ses mains, l'air terriblement choqué.

Il reprit son sérieux avant que North n'envisage de l'étrangler pour de bon, et secoua la tête.

— Pour être franc, je ne le croyais pas non plus. Mais c'est bien lui le responsable et, de ça, je suis sûr. Reste maintenant à prévenir les effets secondaires.

Contre toute attente, North acquiesça en soupirant.

— Si jamais l'Autorité apprend que j'ai mis au point cette poudre et que je la lui ai cachée, je ne donne pas cher de ma peau, dit-elle en fermant les yeux.

— Non, ça n'arrivera pas.

Le ton autoritaire de Maximilien ramena l'attention de North sur lui. Il avait le regard fixé droit devant lui et paraissait déterminé.

— Une telle révélation remettrait en cause notre statut à tous les trois et saperait le peu de confiance que les habitants d'Evernight nous accordent. Déjà que la situation n'est pas brillante, ce serait mettre de l'huile sur le feu. Il ne faut pas que ça arrive.

Il se tourna vers elle.

— C'est pour ça qu'il faut que tu détruises tes stocks. Ne garde aucun échantillon. Si tu peux, détruis aussi le procédé de fabrication ou, mieux encore, mémorise-le. Ils ne pourront pas prouver que tu as fabriqué cette poudre, North. Ils n'ont aucun moyen de remonter jusqu'à toi. Avec un peu de chance, ils passeront à côté des échantillons dispersés par l'attaque de Riorim et n'entendront même jamais parler d'une quelconque substance susceptible d'attiser la colère des cauchemars aqueux. Dans ce cas, nos précautions auront été inutiles, mais il vaut mieux ne pas laisser la moindre chance au hasard. Tu es d'accord ?

Elle l'était, il le devina sans mal.

— Et pour Mathias ? demanda-t-elle finalement après avoir laissé quelques secondes de silence peser entre eux.

— Je ne sais pas, répondit Max d'une voix sombre. Sincèrement, je ne sais pas, North. Il nous reste à souhaiter qu'il ait eu une bonne raison d'agir comme il l'a fait et, surtout, pour que ça ne nous retombe pas dessus… En somme, il nous reste à espérer qu'il réussisse, quel que soit son objectif.

Dehors, les courants s'agitaient contre les vitres froides et faisaient gémir le verre en émettant des sons qui rappelaient des pleurs d'enfant.

14

Le plan de Sam

Sur la place centrale partiellement déblayée depuis l'attaque de l'Égrygor, les belettes se rassemblaient en équipes sous la houlette de leurs capitaines. Relisant le compte-rendu de la recherche infructueuse de la veille, Mac Claw demeurait songeur. Il triturait la montre de l'enfant du bout des griffes, ne sachant trop qu'en penser. Tout ce dont il disposait, c'était une tocante qui ne fonctionnait pas, des armées de belettes épuisées ou luttant contre la gueule de bois, et un voleur introuvable. La journée commençait mal. Finalement, il grogna en refermant son dossier et jeta un regard circulaire à ses subordonnés éparpillés un peu partout.

—Et bien sûr, aucune nouvelle du Maître du Temps, maugréa-t-il en secouant la tête. On ne peut décidément pas compter sur les humains pour faciliter le travail.

Il avait malgré tout la certitude que la fillette était toujours à Riorim. À moins qu'il ne lui soit poussé des ailes ou qu'elle ait disposé d'une aide extérieure, elle n'avait pas pu se sauver bien loin. La ville était vaste mais, avec des effectifs suffisamment conséquents, la petite pourrait être retrouvée dans la journée. Bien sûr, les choses auraient été plus simples si l'aiguille de localisation ne s'était pas entêtée à changer de direction sans préavis d'une seconde à l'autre. Il allait falloir procéder à l'ancienne et quadriller le terrain.

MacClaw avait placé des guetteurs aux quatre coins de la cité et des belettes à dos de guêpes de combat allaient sillonner les airs tout au long de la traque. Si la chance était de leur côté, ils parviendraient à obtenir des résultats malgré le temps perdu. Il était nécessaire de la retrouver car, si l'humaine avait ne serait-ce qu'une toute petite capacité au Changement, le risque qu'elle cause des dégâts augmentait d'heure en heure.

— Nous sommes prêts, Mylord, l'informa l'un des deux capitaines après un salut formel.

MacClaw interrompit ses réflexions et acquiesça.

— Très bien, dit-il en se rapprochant de ses deux équipes.

Immédiatement et comme par miracle, ses subordonnés retrouvèrent un semblant d'ordre, arrangèrent leurs mises et se groupèrent autour de lui. Il les laissa approcher et attendit le silence pour prendre la parole. En tête de leurs escadrons, ses deux capitaines l'écoutaient religieusement en bombant le torse. Il n'y avait pourtant pas de quoi pavoiser.

— Bon ! s'exclama MacClaw en évaluant ses effectifs d'un regard. Pour commencer, soyons bien d'accord. Au vu des piètres résultats d'hier, nous allons abandonner la traque de notre apprenti voleur. Il doit être loin, à présent, et nous ne parviendrons à rien en nous dispersant. Nous allons donc nous regrouper, ne faire qu'une équipe au lieu de deux, avec pour unique tâche de retrouver l'humaine.

Le tigre laissa la nouvelle faire son chemin, mais les belettes avaient dû avoir vent de ces directives, car il y eut très peu de réaction. MacClaw reprit :

— L'équipe une ayant fait preuve d'une incompétence manifeste dans la recherche de la petite, c'est le capitaine de l'équipe deux qui aura, aujourd'hui, la charge d'organiser les opérations.

Cette fois, quelques grognements et quelques récriminations se firent entendre, mais MacClaw décida de les ignorer. Les belettes râlaient pour une bonne raison : nombre d'entre elles avaient passé la nuit à traquer l'enfant au lieu de faire la fête avec leurs compagnes. Non seulement elles avaient eu un surplus de travail, mais cela ne leur avait rien apporté de bon, vu qu'il leur avait été impossible de localiser leur cible malgré leurs efforts. Reléguées au rang des incapables, elles encaissaient mal ce qu'elles percevaient comme un désaveu. Mais le tigre ne s'embarrassait pas de savoir si la sanction était bien acceptée ou pas. Tout ce qu'il voulait, c'était de l'efficacité. Le premier capitaine avait échoué, autant laisser sa chance au second. Quand un calme très relatif eut été rétabli à grand renfort de regards noirs, il exposa son plan.

— L'équipe deux, vous prenez les commandes. À vous la montre et la responsabilité du quadrillage, quartier par quartier. Vous dirigerez l'équipe une en fonction des besoins par zone. Équipe une, vous êtes sous les ordres de l'équipe deux. Ils vous indiqueront les zones à fouiller. Bien évidemment, chacun d'entre vous dépend toujours de son propre capitaine. Vous vous référerez à votre supérieur direct en cas de doute ou dès que vous aurez obtenu la plus petite bribe d'information. Dès qu'une zone est vérifiée, vous avancez et en bouclez les accès. N'hésitez pas à mettre les habitants de la ville à contribution, si besoin est. Les humains ne sont pas plus populaires à Riorim qu'ailleurs, vous ne devriez pas avoir trop de mal à trouver des volontaires pour vous aider.

MacClaw se tut. Il y avait çà et là des mines boudeuses et le capitaine de l'équipe une faisait manifestement la tête mais, dans l'ensemble, ça allait.

—Je sais que la montre n'a été d'aucune utilité cette nuit, mais peut-être est-ce dû à une perturbation passagère. La présence d'un Égrygor a pu influencer son fonctionnement, donc vous vous fierez à elle malgré tout. Avec un peu de chance, elle cessera sa sarabande avant que nous ayons eu à passer la ville entière au peigne fin. Toutes nos forces en place sont concentrées sur un seul objectif et vous traquez une petite fille. Autant vous dire que je ne tolérerai pas l'échec. Est-ce que tout est clair ?

De la masse des belettes rassemblées monta un grognement peu enthousiaste qui pouvait passer pour un assentiment. MacClaw s'en contenta et hocha la tête.

— Alors, au travail. Je veux des comptes-rendus ici même toutes les dix minutes, quelle que soit l'avancée des recherches. Aucune ruelle de Riorim ne doit échapper à votre investigation ! Allez-y !

Les belettes s'égaillèrent en tous sens avec une organisation très relative, chacune tâchant de rejoindre ses camarades d'équipe.

— Si c'est nous qui sommes devant, on ne devrait pas être l'équipe une ? lança l'une d'elles à celle qui marchait à ses côtés.

— Ben non, répliqua l'autre, c'est l'équipe une qui est derrière, alors il ne peut pas y avoir deux équipes une, ce serait idiot.

— Mais ceux qui passent les premiers, c'est forcément l'équipe un…

— Ce qui est sûr, c'est que des imbéciles comme toi il n'y en a pas deux !

Depuis le toit en terrasse où il avait assisté à la scène, Sam sourit. Avec des opposants de ce calibre, il n'aurait aucune difficulté à balader l'Ordre dans toute la ville. Il prit garde à bien rester hors de vue des sbires de MacClaw et ne se redressa qu'après avoir suffisamment reculé. À l'autre extrémité du toit, empêtrée dans les plis d'un costume bien trop grand pour elle, Camille attendait.

Elle était complètement recouverte d'une sorte de grande cape descendant jusqu'aux chevilles et pourvue d'une capuche épaisse. Des pompons colorés ornaient les liens qui servaient à resserrer le col et une capuche à oreilles remontait derrière la tête. Ce type de poncho coloré était très en vogue à Riorim, et il ressemblait à celui que portait la majorité des habitants. Pour parfaire son déguisement, Sam lui avait donné un masque de terre cuite à tête de raton laveur. Ainsi accoutrée, elle était méconnaissable. Il la rejoignit et lui adressa un geste rassurant.

— C'est bon, ils se sont mis en mouvement, mais ta montre est toujours bloquée. Tant que je ne l'aurai pas décidé, ils ne pourront pas te localiser. Le temps joue en notre faveur, ils sont fatigués et énervés.

Camille se tortilla pour libérer le haut de son visage du masque et chassa quelques mèches de cheveux blonds égarés en dehors de la capuche bigarrée.

— Comment as-tu fait pour brouiller ma montre ?

Sam hésita une seconde mais préféra ne pas répondre. Inventer un mensonge bancal aurait immanquablement amené d'autres questions et ils n'avaient pas de temps à sacrifier pour ce genre de chose.

— Disons que c'est un peu compliqué à expliquer, lança-t-il, désinvolte, comme si lesdites explications ne revêtaient pas la moindre importance. Dis-moi plutôt, comment te sens-tu dans ces nouveaux vêtements ?

Le changement de conversation fonctionna à merveille.

— Euh… pas très à l'aise, répondit-elle.

Camille abaissa les yeux sur son costume, et Sam en fit autant.

L'ensemble dont il l'avait affublée n'était pas précisément monochrome ni discret, mais les couleurs chatoyantes correspondaient à la mode vestimentaire du moment. Quant au masque, même si on ne pouvait pas le confondre avec un vrai visage d'animal, il attirerait de toute façon moins l'attention que des traits humains, surtout depuis le fond d'une capuche profonde.

Restait que le tissu épais et long n'était pas des plus pratique. Camille était engoncée là-dedans comme un vase fragile coincé sous d'épaisses couches de tissu et elle avait toutes les peines du monde à se déplacer ou même juste à regarder autour d'elle. Sam n'avait pas l'intention de le lui avouer, mais c'était bien là-dessus qu'il avait compté. Il lui jeta un regard satisfait et sourit derrière son propre masque. Si elle parvenait à échapper à Mac Claw avec un accoutrement pareil, c'est que les belettes étaient bonnes pour la retraite anticipée.

— Crois-moi, mentit-il avec aplomb, si tu dois courir, ça te paraîtra bien plus pratique que ta robe. Du reste, tu risques moins de te faire repérer comme ça qu'habillée avec tes vêtements habituels et à visage découvert dans une ville comme Riorim. Il faut qu'on dispose d'un peu d'avance sur eux.

Camille n'eut pas l'air tout à fait convaincue mais Sam ne souhaitait pas étendre le débat. Dès qu'elle serait plongée dans l'action, il aurait gagné la partie.

— Bon, il va falloir qu'on y aille, nous aussi. On ne peut pas se permettre de leur laisser prendre trop d'avance, sinon les belettes vont boucler le quartier. C'est parti. Tu te sens prête ?

— Je ne suis pas sûre, répondit Camille, hésitante.

Sam se mordit la langue ; il n'aurait pas dû demander.

— Allez, courage, petite ! lui dit-il en avançant jusqu'au bord du toit. Il suffit juste que tu suives le plan et je me charge du reste. Avant ce soir, tu auras ta montre et tu pourras rentrer à la maison. C'est bien ce que tu veux ?

Il sauta dans le vide sans élan et retomba souplement sur le toit d'un atelier en contrebas. Camille, qui l'avait suivi, commençait à paniquer, mais il était un peu tard pour cela. Sam se retourna une dernière fois, lui adressant un signe de la main.

— Ne t'en fais pas, Camille ! lança-t-il. Fais-moi confiance et tout ira bien. Allez, finissons-en !

Il s'éloigna en bondissant de toit en toit avec une légèreté féline. Camille le regarda partir avec appréhension. Elle n'avait plus le choix.

— Je vais essayer, murmura-t-elle pour elle-même, mais j'ai un peu peur…

Elle se reprochait sa couardise à peu près autant qu'elle déplorait sa regrettable témérité qui l'avait amenée à accepter le plan de Sam.

Cet individu, qu'elle connaissait depuis la veille, l'avait convaincue qu'il pouvait l'aider à récupérer sa montre, mais les risques lui paraissaient quand même bien élevés. Si la crainte de l'orphelinat n'avait pas été aussi forte, Camille aurait sans doute préféré se dissimuler dans un coin et y attendre, frémissante, que les choses s'arrangent d'elles-mêmes… Mais comment cela aurait-il pu arriver ? Attendre dans un coin sans bouger, Camille n'avait fait que ça pendant longtemps et ça ne lui avait pas très bien réussi. D'autant que, dans ce cas, il aurait mieux valu rester avec le rat la veille et se laisser conduire dans ce maudit orphelinat sans gémir.

À la place, elle se retrouvait embarquée dans une entreprise périlleuse, à laquelle elle craignait de prendre part, mais qui était aussi sa seule chance. Parfois, il fallait choisir et agir en conséquence. Sauf qu'elle ne s'y résignait jamais, préférant le plus souvent s'apitoyer sur son sort.

—Allez, secoue-toi, se morigéna-t-elle.

Elle descendit les échelons de métal prudemment, gagnant la ruelle à pas comptés. Le vent était tombé sur la ville, rendant l'atmosphère poussiéreuse et suffocante. La chaleur était étouffante dans les rues étroites des bas quartiers de Riorim. L'odeur des poubelles et celle de l'océan se mêlaient, entêtantes. Camille posa la main sur le mur brûlant et se força à retrouver son calme. Quelque part dans les rues derrière elle, les voix des belettes montaient, criardes, dans la rumeur de la cité. Plus loin encore, le vol sonore d'un bourdon de l'Ordre grondait dans l'air, évoquant une mouche dérangeante un soir d'été. Il faisait trop chaud, elle était trop seule. Elle se força à avancer, agissant pour mieux ignorer les battements frénétiques de son cœur.

La stratégie élaborée par Sam n'était pas mauvaise ; Camille tentait du moins de s'en convaincre. Une chose était certaine, elle avait davantage confiance dans ce plan qu'en elle-même ; elle craignait d'échouer à tout moment. Pourtant, la tâche que son nouvel ami lui avait attribuée n'était pas des plus compliquée. Il l'envoyait pratiquement dans les bras des belettes, ou peu s'en fallait.

La jeune fille devait se positionner au bout de la ruelle et attendre. Il lui avait expliqué qu'il cesserait de brouiller la montre dès que l'équipe en sa possession passerait à sa portée. Elle devrait alors les attirer sur sa piste, les égarant dans un dédale de ruelles qu'ils avaient parcourues ensemble auparavant. Ensuite, selon les indications qu'il lui avait données, elle pourrait les perdre dans les quartiers des docks avant d'émerger près du port où il l'attendrait. Lui, entre les ruelles des bas quartiers et les docks, se faisait fort de tomber à bras raccourcis sur l'équipe de belettes et de leur dérober la montre. Si tout allait bien, elle ne serait vraiment en danger que quelques minutes avant que Sam ne la libère de ses poursuivants. Et pourtant, si simple que lui paraisse ce plan, elle se sentait capable de le faire capoter.

Camille essuya la sueur qui lui coulait dans le cou, sous sa capuche trop épaisse, et résista à l'envie d'enlever son masque. Elle n'était pas à l'aise, elle avait peur, elle avait chaud et elle avait envie d'abandonner. Toujours tremblante, elle gagna l'extrémité de la ruelle et s'y arrêta, hésitant une dernière fois. Dans la rue pavée en face d'elle, tout un groupe de belettes affairées auscultaient les échoppes et parlaient aux rongeurs qui passaient par là. L'enfant rajusta sa mise et resta dans l'ombre, silencieuse et attentive, comptant sans s'en rendre compte les pulsations douloureuses dans sa poitrine. Elle savait que, quelque part, invisible en haut des toits, Sam la voyait. Elle savait qu'il allait débloquer la montre et que les belettes allaient la trouver.

Alors elle inspira un grand coup, se redressa et attendit que la traque commence.

15

Poursuite à Riorim

La chaleur s'était faite plus pressante avec la fin de la matinée. Les rues inondées de lumière étaient surpeuplées, tant par la présence des belettes que par celle des badauds que toute cette clique en mouvement avait attirés. Dans le ciel, les bourdons passaient à intervalles réguliers, mais toujours sans le moindre résultat. Là-haut, au moins, ils avaient de l'air, tandis qu'en bas la chaleur écrasait tout. Le capitaine de l'équipe deux, en charge de la montre, rongeait son frein et ruisselait, le poil collant au cuir et au métal de son armure.

—Grande comment, votre gamine? demanda un surmulot en lissant sa longue moustache d'un geste expert.

— Comme une petite fille, répondit l'une des belettes, la voix lasse.

Essayer de décrire une fuyarde qu'on n'a pas vue n'est pas l'exercice le plus simple qui soit. Le capitaine se désintéressa de la discussion et tapota la montre folle, qui indiquait à présent la bibliothèque, dont le quartier avait été bouclé depuis des lustres.

— On ne va pas s'en sortir, grommela-t-il.

La traque s'étirait en longueur sans que la moindre information ne soit venue s'ajouter à celles dont il disposait au départ. Zéro plus zéro... Avec un grognement déçu, il remercia un vendeur de tissu qui ne savait rien et reprit sa marche en tête du groupe. Avisant l'un de ses acolytes qui revenait du point de rendez-vous, il le héla. L'autre le rejoignit rapidement, aussi trempé de sueur que lui.

— Qu'est-ce que ça donne, dans les autres quartiers ?

— La même chose ! lui répondit le soldat en secouant la tête. Personne ne l'a vue ni n'a la moindre information à son sujet. Si nous n'étions pas là à patrouiller dans les rues, les habitants de cette ville ne sauraient même pas qu'il y a une humaine qui s'y promène. C'est assez désespérant.

—À qui le dis-tu, confirma le capitaine d'une voix sombre. Bon, eh bien, bloquez les rues et informez Lord MacClaw qu'elle n'est pas ici non plus. On va avancer vers le sud de la ville.

Les belettes s'organisèrent rapidement pour obéir aux ordres. Le capitaine reprit sa marche en tête, escorté par trois de ses hommes. Malgré la déconfiture du début de journée, il regardait encore fréquemment la montre, espérant presque qu'à un moment elle indiquerait enfin la bonne direction comme elle était censée le faire depuis le début.

Il n'y avait eu qu'une seule bonne surprise, dans cette matinée de traque organisée : la prévision de MacClaw s'était réalisée. Nombre des habitants de Riorim donnaient un coup de patte aux belettes en surveillant les rues déjà fouillées. Les souris, rats, musaraignes et surmulots restaient assis sur des chaises sorties des boutiques ou des maisons, fumant la pipe et devisant sur les pas de portes en jouant aux dés ou aux cartes. Pour beaucoup d'entre eux, tout cela n'était qu'un exercice de routine, si on se fiait aux rumeurs. Le capitaine ne pouvait guère les blâmer : pour chaque humain qui s'était réveillé à Evernight, la poursuite avait été aussi courte qu'efficace. Pour chaque humain, sauf pour le Marchand de Sable. Alors de voir ainsi les soldats de l'Ordre s'escrimer à récupérer une petite fille, pour beaucoup, c'était incompréhensible. De là à en déduire qu'ils étaient juste à l'entraînement, il n'y avait qu'un pas.

— C'est d'autant plus facile pour eux de le prendre à la légère que nous nous sommes regroupés hier pour combattre l'Égrygor. La majorité des habitants pense que MacClaw nous utilise pour un exercice grandeur nature, commenta le sergent de l'équipe en se grattant le menton, que la lanière de son casque agaçait.

— Ouais, mais ce n'est pas un exercice, rappela le capitaine, alors on reste concentrés et on avance.

— D'accord, répliqua le sergent avec un sourire moqueur frisant l'impertinence. On va où, chef ?

Moyen efficace s'il en est de rappeler que personne ne savait dans quelle direction partir. Le capitaine se raidit.

— J'ai dit : au sud, soldat. La chaleur vous rend sourd ?

Son équipe lui obéit et se remit en marche, de mauvaise grâce. Si la traque devait se poursuivre tout le jour durant sans que la situation s'améliore, il y aurait du mécontentement à la réunion syndicale hebdomadaire. Si seulement le mioche qui avait ramené la notion de syndicat du monde réel avait pu ne jamais mettre le pied à Evernight… Il avait failli détruire l'Ordre plus efficacement que tous les surdoués de l'orphelinat.

Par acquit de conscience, le capitaine jeta un coup d'œil à la montre. Il s'immobilisa, incrédule. L'indicatrice bougeait, mais elle bougeait normalement. Faisant le tour du cadran à vive allure comme si elle avait été prise d'une furieuse envie de travailler elle aussi, la plus tordue des aiguilles, celle dévolue à la localisation, se réinitialisait. Il n'y avait pas le moindre doute.

— Elle fonctionne, murmura le capitaine, serrant la montre entre ses griffes.

Toutes les belettes de MacClaw avaient subi, c'était le cas de le dire, un stage au Palais du Temps pour comprendre comment fonctionnaient les montres et comment localiser leurs propriétaires. Il n'y avait que deux raisons valables pour une agitation subite ressemblant à celle que la belette était en train d'observer. La première ne pouvait avoir lieu que lorsque l'objet était branché, elle indiquait alors un décrochage imminent. Il ne pouvait donc s'agir que de la seconde possibilité : l'aiguille ne tournait à cette vitesse que pour une seule raison. Contre toute attente, elle avait enfin décidé de remplir sa fonction. Elle cherchait à retrouver sa propriétaire.

—Allez prévenir MacClaw ! cria le capitaine à la cantonade quand la montre commença à ralentir. On va l'avoir !

Il n'attendit pas de savoir s'il était obéi ; ses belettes allaient se battre à l'arrière-garde pour établir qui aurait le plaisir d'aller porter la bonne nouvelle. Lui scrutait le cadran, frémissant d'excitation. Enfin ! Avec la montre réinitialisée, le reste serait une formalité. Comme si la ville entière avait perçu la tension qu'il ressentait, le bruit s'était fait moins présent autour de lui et les commerçants avaient cessé leurs conversations. Et finalement, l'aiguille se stabilisa. Droit devant.

Le capitaine releva la tête, plissant les yeux dans la direction indiquée. Dans le contre-jour d'une ruelle, une silhouette, immobile et droite, semblait attendre.

—Elle est là, murmura-t-il, avant de répéter plus fort. Elle est là !

L'ombre ne bougea pas. Le capitaine hésita, puis, voyant que ses hommes cherchaient la cible du regard, pointa un index crispé dans sa direction.

—Là ! Attrapez-la !

Alors, sans un bruit, l'ombre se détourna et s'enfuit. Le capitaine sentit un frisson le parcourir.

—Allez les gars ! Récupérez-moi ça !

Et les belettes lancèrent l'hallali. Ce qui avait été organisé et coordonné l'instant d'avant devint en quelques secondes anarchique. Se ruant en direction de l'enfant qui détalait devant elles, les belettes rompirent toute formation et foncèrent dans le plus grand désordre. L'excitation les gagnait. Le capitaine se joignit à elles et décrocha sa watchlike tout en courant.

—À toutes les équipes, aériennes et terrestres, l'humaine a été identifiée et se dirige vers le souk.

Elle est déguisée et porte une cape à dominante vert pâle et un masque. On l'a en visuel et la montre de localisation nous guide. On entame la poursuite, bloquez les issues. À vous !

— Bien reçu ! répondit aussitôt la voix dans l'appareil. Les équipes en mouvement ! Ne la perdez pas !

Il n'y avait aucun risque ! Le capitaine était trop content d'avoir enfin mis la main sur l'enfant que Mac Claw cherchait tant. Refermant le clapet de la watchlike d'un coup sec, il empocha cette dernière et reprit la course. Les ruelles d'Evernight n'avaient aucun secret pour l'Ordre, la poursuite ne pouvait pas durer éternellement. Avant qu'il ait passé le premier carrefour, il entendit au loin le vrombissement des bourdons de recherche qui approchaient.

Depuis le faîte d'un toit sur lequel il s'était juché comme à son habitude, Sam observait le ballet des belettes qui entamaient la poursuite. Tout près de lui, une guêpe de combat passa à vive allure, portant un soldat qui criait des ordres inintelligibles dans sa watchlike. Les mots étaient couverts par le bruit des ailes, mais Sam n'avait pas besoin de les entendre pour savoir que Camille avait été repérée. Tous les insectes volants qu'il avait dans son champ de vision convergeaient vers un même point. Il était temps d'agir.

D'un bond, il quitta sa position et gagna la terrasse d'une maison proche. Il prit de l'avance sur les belettes au sol en sautant d'une maison à l'autre et gagna la rue des Affaires sans difficulté. En contrebas, le calme régnait encore : Camille n'avait pas atteint ce point, comme il l'espérait.

Elle ne tiendra pas longtemps, évalua Sam en entendant les rumeurs montant des rues d'Evernight. *Ne traînons pas.*

Il regagna le sol, s'enfonça dans la venelle sombre et atteignit en quelques instants un renfoncement plein de tonneaux. Là, il prit le temps de sortir un fumigène de sa sacoche avant de se dissimuler dans l'un des fûts de bois laissés à l'abandon. L'odeur n'était pas terrible, entre le vieux poisson et le lait rance, mais il savait qu'il n'aurait pas longtemps à attendre. Il compta dans sa tête.

Si ses prévisions étaient exactes, Camille devait à présent avoir atteint le marché couvert, où elle ne manquerait pas de ralentir la course des belettes derrière elle. Une petite fille grimée en raton se faufilerait sans mal dans la foule, alors que l'équipe de belettes à ses trousses serait suffisamment excitée par la chasse et engoncée dans son équipement pour perdre de précieuses minutes. S'ils suivaient la procédure, et Sam savait qu'ils le feraient, l'équipe allait se séparer pour cerner le marché, afin d'empêcher l'enfant de le quitter par une des sorties latérales. Le capitaine, lui, passerait par le milieu. Ils ne se rejoindraient qu'au sortir de cette venelle et, d'ici là, Sam aurait la montre en sa possession.

Comme pour confirmer ses pensées, un tumulte se fit entendre non loin de là. Presque aussitôt, il reconnut le bruit de la course de Camille. Elle commençait à s'essouffler. Sam entrouvrit le couvercle du tonneau juste assez pour la voir disparaître au coin de la rue, en direction de la place de la Fontaine. Pile à l'heure.

Une poignée de secondes plus tard, les belettes arrivèrent à leur tour. Elles n'étaient que deux ; le capitaine n'avait pas hésité à se séparer du plus gros de son équipe, certain de parvenir à ses fins.

Quand elles passèrent à la hauteur des fûts, Sam lança le fumigène. L'effet escompté ne se fit pas attendre.

L'explosion fut impressionnante. Les belettes, prises au dépourvu, s'immobilisèrent dans la plus grande confusion, suffocantes. Elles hésitèrent, essayant de s'orienter malgré la fumée épaisse et malodorante. Sam n'en demandait pas tant. Il jaillit de sa cachette et enchaîna immédiatement avec un coup de coude bien placé dans les molaires du soldat le plus proche. Il entendit des dents craquer et la victime s'écroula au sol. Sam n'attendit pas de voir ce qu'elle devenait. Son second opposant s'était à peine retourné en direction du bruit qu'il lui expédiait sans préavis un coup de pied sur le museau, le propulsant contre le mur. Il y eut un bruit de ferraille au moment du choc et le soldat de l'Ordre, assommé, s'écroula face contre terre. Sam fit volte-face sans attendre, il en termina avec la première belette, qui se révéla être le capitaine. Un coup de talon au plexus l'envoya heurter violemment les tonneaux et un coup de poing appliqué avec méthode et vigueur sur la moustache l'expédia au tapis et acheva de le mettre hors de combat. Le temps que la fumée se dissipe, Sam était le seul à être encore debout. Autour de lui, les deux belettes étaient étendues au sol sans connaissance, les lances emmêlées et le casque cabossé. Le jeune garçon épousseta tranquillement sa veste.

Sans marquer la moindre hésitation, il attrapa le capitaine par le col et lui fit les poches. Il n'eut pas à chercher beaucoup. Rapidement, il mit la main sur la watchlike, qu'il détruisit d'un coup de talon, puis il trouva la montre. Là, prenant son temps, il l'observa avec satisfaction.

— Enfin te voilà, toi.

C'était un gousset très simple, de cuivre luisant, assez imposant pour remplir toute la paume de sa main. Sur le cadran, au milieu de signes obscurs et sibyllins, l'indicatrice s'agitait, suivant la course de sa propriétaire, qui ne devait plus être très loin du point de rendez-vous. Les autres aiguilles, ouvragées et nombreuses, observaient le repos le plus total. Sam sentit une étrange chaleur l'envelopper. Il était près du but. Il touchait presque du doigt la victoire… et pourtant une pensée le rappela à l'ordre.

Il jeta un dernier regard aux belettes qu'il avait assommées. Il y en avait pour un moment avant qu'elles ne retrouvent l'usage de leurs pattes comme de leur esprit, mais il ne serait pas là à attendre. Il lui restait encore une chose à faire avant de quitter la ville.

Sam déposa délicatement son butin au fond de sa sacoche et bondit sur les tonneaux avant de gagner les toits, en quête de Camille.

16

Le piège

Camille avait couru sans s'arrêter depuis que les belettes l'avaient repérée. Contrairement à ce qu'elle avait cru de prime abord, elle se trouvait plutôt à la hauteur de la tâche que Sam lui avait attribuée. Elle était parvenue à maintenir une certaine distance entre elle et les belettes, qui la poursuivaient sans jamais réussir à lui mettre la patte dessus. Elle qui avait craint de se perdre, d'être maladroite ou de se montrer hésitante, elle avait filé dans les rues sans jamais ralentir. Elle n'avait pas eu trop de mal à respecter l'itinéraire prévu : à chaque croisement, elle identifiait du coin de l'œil les différents repères que Sam lui avait donnés et obliquait dans la bonne direction sans même réfléchir. Elle était fière d'elle. Si ses muscles lui faisaient mal, elle essayait de ne pas y penser. En réalité, elle ne songeait à rien d'autre qu'au prochain repère, au prochain tournant, à la prochaine étape.

Au-dessus de sa tête, le vol des guêpes et des bourdons de l'Ordre allait croissant, mais les rues de Riorim qu'elle empruntait étaient trop étroites pour qu'ils puissent l'y surprendre. Du reste, Sam lui avait promis que, dès qu'elle aurait gagné les docks, il deviendrait impossible de la retrouver au milieu de la foule. Si le plan se déroulait comme prévu, ses poursuivants ne disposeraient plus de sa montre pour la localiser, car à ce moment-là Sam l'aurait récupérée. C'était ce qui était convenu et Camille espérait de tout cœur que son complice allait réussir dans son entreprise.

Si Sam avait réussi à récupérer la montre, le reste serait une formalité. Il le lui avait promis. Avec la montre de sommeil, il était très simple de renvoyer les humains dans leur époque. Ce cauchemar prendrait fin sans tarder. La sueur lui piquait les yeux et lui collait les cheveux au front sous le masque de terre cuite, mais Camille n'en souriait pas moins. Elle allait y arriver.

Pour la première fois depuis son arrivée à Evernight, elle était optimiste. Elle se sentait heureuse et éprouvait un certain plaisir à rouler les belettes dans la farine. Elle avait eu raison de faire confiance à Sam, de la même façon qu'il avait eu raison de croire en elle et de l'encourager. Bien entendu, elle était déjà fatiguée et en nage. Elle n'avait pas du tout l'habitude de courir longtemps, ni de façon aussi soutenue, mais ça ne revêtait aucune sorte d'importance, parce qu'elle était près du but et ne se voyait pas échouer maintenant. Dès qu'elle aurait semé les derniers représentants de l'Ordre accrochés à ses talons, elle serait sortie d'affaire.

Certaine de son fait, elle accéléra encore, puisant du courage et de la ressource dans la certitude d'être pratiquement hors d'atteinte. Elle déboucha sur la place de la Fontaine, déserte. Ce n'était pas étonnant, Sam l'avait informé que l'endroit en question n'était pas populaire, pour des raisons de croyances locales qu'elle n'avait pas écoutées. Elle repéra la maison haute située à sa gauche qui devait lui servir de repère et obliqua dans sa direction. En jetant un coup d'œil par-dessus son épaule, elle avisa deux belettes qui la suivaient en lui criant des ordres qu'elle n'entendait pas, mais qu'elle devinait sans difficulté. Ils lui demandaient sans doute de s'arrêter. Comme elle ne comptait pas obtempérer, elle tourna à l'angle de la maison et reprit sa course.

Le bruit des belettes derrière elle décupla encore ses efforts. Sam avait dit qu'après la fontaine la fuite serait terminée mais, manifestement, les deux pots de colle derrière elle ne l'entendaient pas de cette oreille. Camille ne perdit pas de temps à se retourner pour évaluer son avance. La seule chose qu'elle pouvait faire, c'était courir plus vite qu'eux. Malgré sa cape qui la gênait, elle ne s'en sortait pas trop mal.

Sam devait déjà être arrivé aux docks ; il allait beaucoup plus vite qu'elle en passant par les toits grâce à des chaussures spéciales, d'après ce qu'il lui avait expliqué. Dès qu'elle serait de nouveau avec lui, il reprendrait les choses en main et, même si des belettes l'avaient suivie jusque-là, il saurait quoi faire.

— Arrêtez-vous ! cria l'un des soldats qui la talonnaient.

La jeune fille trouva que l'ordre venait de trop près, et elle sentit une sueur froide la parcourir. Ils avaient dû se rapprocher lors des dernières minutes de la poursuite. Elle essaya d'accélérer encore, mais elle était presque à bout de forces.

Heureusement, la corniche que Sam lui avait décrite apparut, toute proche. Une statue en forme de chat ornait le coin d'un bâtiment, et elle savait qu'il lui fallait tourner dans la rue qui s'ouvrait derrière. Rassemblant son courage, elle poursuivit vaillamment malgré le bruit des pas de ses poursuivants, tout proches. Elle prit le virage à vive allure sans regarder derrière elle et, soudain, elle s'immobilisa, le souffle coupé. C'était une erreur. Il fallait que ce soit une erreur. Elle avait dû se tromper.

En face d'elle, au lieu du passage qui devait ouvrir sur les docks, il y avait un mur. Aucune issue. Une grande arche ouvragée, haute d'à peu près trois fois sa taille, était bouchée par des briques. Au vu de la mousse qui envahissait les pierres et des planches, cailloux et autres détritus qui traînaient au sol, cette cloison ne datait pas d'hier. Et, en fait, savoir qui avait fermé cette issue et pourquoi n'avait aucune importance. Camille était piégée.

— Non, murmura-t-elle, incrédule, en scrutant les moellons infranchissables, ce n'est pas vrai…

On s'agitait derrière elle. Tandis que les belettes envahissaient l'impasse, pointant leurs lances dans sa direction, la voix de Sam résonnait encore dans sa mémoire. Il avait promis qu'il l'attendrait. Il avait promis de la sortir de là. Camille n'arrivait pas à croire ce qui lui arrivait. Elle n'avait nulle part où aller, aucun endroit où fuir. Les belettes la cernaient, et elle restait là, tremblante, incapable de réagir.

— On la tient ! beugla la première en abaissant la pointe de son arme, avant de se retourner et de crier par-dessus son épaule. Elle est ici ! On l'a !

— Ne bougez pas ! ajouta la seconde en avançant. Vous ne pouvez pas vous enfuir, rendez-vous !

Camille avait encore du mal à mettre de l'ordre dans ses pensées. La scène lui paraissait irréelle, comme si elle n'en était que spectatrice. Les battements de son cœur lui donnaient l'impression qu'elle allait suffoquer et la chaleur la submergea. Elle ne savait pas quoi faire, n'osait pas bouger.

Les soldats de l'Ordre, de plus en plus nombreux, s'agglutinaient autour d'elle, la menaçant de leurs armes. Camille se sentait misérable et terrifiée. Elle ne savait pas à quel moment elle s'était égarée, mais il avait bien fallu qu'elle se trompe dans les indications de Sam puisqu'elle avait échoué. Elle s'était fait arrêter par l'Ordre. Elle sentit que les sanglots lui serraient la gorge, mais elle avait les yeux trop secs pour pleurer. La poussière qui s'était glissée sous son masque lui collait à la peau. Elle détesta cette sensation et le masque de terre cuite lui fut soudain odieux. Elle l'ôta d'une main tremblante, ignorant les soldats de l'Ordre toujours plus nombreux, et baissa la tête. Elle ne se sentait pas mieux. C'était elle-même qu'elle détestait, pour avoir tout fait échouer. Comment allait-elle rentrer chez elle désormais ?

Les belettes les plus proches s'avancèrent et l'attrapèrent par le bras sans qu'elle fasse un geste pour se défendre. Elle n'avait plus aucune volonté et c'est à peine si ses jambes la portaient. La fatigue se joignait au désespoir pour lui enlever toute velléité de résistance Elle fut surprise de constater comme elles étaient petites ; le cimier de leur casque lui arrivait à peine à l'épaule. Pourtant, elles la tenaient fermement et, même si Camille avait eu la volonté de s'enfuir, elle n'y serait pas parvenue.

Dans l'impasse, la tension retombait. Il devenait évident que l'humaine ne chercherait plus à échapper à l'Ordre et les soldats, ravis de leur prise, commençaient à se détendre et à savourer le plaisir d'avoir achevé leur mission. Ils entamèrent le chemin du retour très satisfaits d'eux-mêmes et échangeant des plaisanteries autour de l'enfant abattue.

C'est ainsi encadrée par une dizaine de belettes pavoisant en formation que Camille traversa la ville en sens inverse. Les habitants, alertés et curieux, la regardaient passer comme une bête curieuse. La jeune fille se sentait en faute, comme une voleuse qu'on aurait arrêtée. Si elle ne pleurait pas, c'était en grande partie parce que son désespoir allait au-delà du simple chagrin. Elle ne pouvait plus rien faire. Elle suivit le mouvement, la tête baissée pour ne pas croiser les regards interrogateurs ou hostiles de la foule, la gorge nouée, mais les yeux secs. Elle n'entendait pas ce qui se disait autour d'elle. Elle se sentait humiliée et, pis, elle se sentait responsable de son humiliation : elle n'avait pas été à la hauteur. Il ne lui restait plus qu'à en subir les conséquences, et renoncer.

Il ne fallut guère de temps à l'escouade pour ramener Camille aux abords de la place du marché où MacClaw attendait, bras croisés, regard terrible. En le voyant, immense et effrayant au milieu de ses soldats, Camille eut un mouvement de recul. Les belettes situées derrière elle la poussèrent sans méchanceté et elle avança de nouveau au rythme imposé. Elle ne pouvait décrocher son regard du tigre qui la regardait approcher. Il agitait sa longue queue rayée en tous sens, témoignant de son agacement.

— Enfin ! grogna-t-il quand les belettes l'eurent salué et se furent écartées devant leur prise. Vous aurez mis le temps.

Puis, jetant un coup d'œil circulaire, il découvrit les crocs dans un rictus de déplaisir.

Camille se raidit, mais ce n'était pas après elle qu'il en avait.

—Où est passée l'équipe deux? demanda-t-il d'une voix tonnante.

—J'en suis Mylord! répondit aussitôt une belette près de lui. Et mon collègue à côté aussi. On a suivi le mouvement, on était même en tête, et...

—Ce n'est pas de vous que je parle! rugit MacClaw en balayant l'intervention d'un geste. Où est votre capitaine? Où est la montre?

Un silence gêné ponctua sa phrase. Les deux soldats concernés se regardèrent, regardèrent le Maître de l'Ordre, haussèrent les épaules et se dandinèrent, embarrassés.

—Il doit être resté en arrière, Mylord, répondit la même belette d'une voix mal assurée. On a été obligés de se séparer, en fait, en traversant le marché couvert, mais il ne doit pas être loin.

—On a eu l'enfant, rajouta son voisin, se croyant utile.

Le tigre coucha les oreilles en arrière. L'orage ne serait pas long à venir, et tous le sentirent.

— Et c'est heureux pour vous ! rappela-t-il, tous crocs dehors. Amenez-la-moi, puis allez chercher votre capitaine !

Les deux interpellés saluèrent à la hâte et s'exécutèrent. Toutes les équipes s'étaient regroupées autour de Mac Claw depuis la prise de l'enfant ; l'absence de leur supérieur était incompréhensible.

Ils disparurent par les rues latérales, indécis sur la conduite à tenir et l'endroit où chercher, mais bien certains que toutes les options valaient mieux que de rester près de leur chef quand celui-ci était en colère.

Le tigre géant les regarda partir en secouant la tête et baissa les yeux sur Camille. Elle cilla quand le regard du tigre, bleu glacier, se posa sur elle.

— Enfin nous vous avons rattrapée, mademoiselle ! énonça-t-il lentement. Vous nous avez donné du fil à retordre. Vous aurez d'ailleurs à répondre de la façon pour le moins étrange dont vous nous avez échappé.

Mettant un genou au sol pour se trouver un peu plus à sa hauteur, le tigre saisit le menton de Camille dans sa grosse patte et l'observa.

— Je suis convaincu qu'on vous a aidée à fuir… Vous n'auriez pu vous grimer de la sorte ni échapper à mes guetteurs toute seule, non… ni même connaître les rues de cette ville de la façon dont vous les connaissez. Qui vous a aidée ?

Incapable de supporter le face-à-face, Camille se détourna, terrorisée. Mac Claw attendit quelques instants, puis soupira.

— Nous verrons cela plus tard, dans ce cas, mais n'espérez pas vous en tirer à si bon compte. Et, pour l'heure, vous êtes en état d'arrestation, au nom de l'Ordre d'Evernight !

Le tigre se releva et les belettes se regroupèrent autour de lui, encerclant de nouveau Camille.

— Allons ! En mouvement ! tonna Mac Claw en joignant le geste à la parole et en tournant les talons, certain d'être suivi. Nous avons gaspillé assez de temps comme cela, pas la peine d'en perdre davantage.

La petite troupe se mit aussitôt en route à sa suite et Camille n'eut d'autre choix que de suivre. Devant, Mac Claw marchait d'un pas décidé, ramenant tout son monde sur la place du marché, au siège de l'Ordre.

Il jeta un regard par-dessus son épaule et jugea sa captive bien passive. Non que cela le contrarie, mais il trouva que, pour quelqu'un qui avait réussi à fuir ses belettes pendant près de vingt-quatre heures, elle ne donnait pas vraiment l'impression d'être une rebelle. Enfin, quoi qu'il en soit, la situation l'arrangeait. Il se tourna vers le capitaine de la première équipe qui, lui, avait le bon goût de ne pas manquer à l'appel.

— Avez-vous prévenu l'Autorité que nous avions réussi à la retrouver ?

— Dès que l'arrestation a été confirmée, oui, Mylord. J'ai envoyé un message urgent par luciole express pour signifier que nous l'avions retrouvée. L'Autorité est au courant. Il est vraisemblable que la nouvelle soit déjà parvenue à l'orphelinat.

— Parfait, approuva MacClaw.

La situation était de nouveau sous son contrôle. Il tenait l'humaine et, avant la fin de la journée, elle serait déposée à l'orphelinat du Cheval-Pendu, où elle ne pourrait plus nuire. Tout allait pour le mieux. Alors pourquoi avait-il la sensation que quelque chose ne collait pas ?

Le tigre secoua la tête. Tout irait mieux dès qu'on aurait ramené le capitaine de la seconde équipe. Malgré le fait qu'ils aient récupéré la petite, il ne serait pas tranquille tant que la montre manquerait à l'appel, il devait se faire à l'idée.

Et encore, nous avons eu de la chance que les Griffons n'interviennent pas.

Du haut de ses trois mètres, Mac Claw se crispa. Oui, ils avaient vraiment eu de la chance que l'Autorité n'ait pas décidé de libérer les Griffons.

17

Départ

Depuis la coupole de verre de la tour de la bibliothèque, Sam observait le va-et-vient des belettes. Leurs actions le renseignaient sur tout, et il devina avant de le voir que les troupes s'apprêtaient à déplacer le gigantesque bourdon de transport appartenant à Mac Claw. Les belettes préparaient l'envol depuis le toit du bâtiment de l'Ordre, situé de l'autre côté de la place. L'animal fut convenablement harnaché et une zone d'atterrissage délimitée sur les dallages blancs avant que ne commence la manœuvre. Le bourdon prit son vol pour se poser presque aussitôt en contrebas du bâtiment, non sans propulser en l'air quelques débris qui jonchaient encore le sol. Dès qu'il se fut immobilisé, les soldats commencèrent à fixer des ballons de défense et des courroies de maintien sur son dos, tandis que l'insecte nettoyait consciencieusement ses antennes, indifférent au remue-ménage.

Sam se détendit. Tout ce remue-ménage signifiait sans doute possible que Mac Claw allait repartir, ce qui impliquait également qu'il avait mis la main sur la petite. Cette observation se transforma en certitude quand le détachement conduit par le tigre géant sortit de la ville pour rejoindre le bourdon. Sam hocha la tête, pleinement satisfait car c'était exactement ce qu'il avait espéré.

— Excellent, Mac Claw, excellent ! commenta-t-il à voix haute. Je savais que je pouvais compter sur vous pour bien faire votre travail.

Au milieu du groupe, il n'eut aucun mal à identifier Camille, enroulée dans sa cape bariolée et encadrée par les belettes. Elle ne semblait pas protester et suivait ses gardes, docile.

C'était une bonne nouvelle. Si elle avait essayé de s'enfuir de nouveau, cela aurait pu poser des problèmes. Il valait mieux qu'elle se laisse emmener à l'orphelinat sans réagir. Ou plutôt, ça valait mieux pour Sam. Camille n'était qu'un pion sur son échiquier personnel, et il ne pouvait pas la laisser remettre en question ce pour quoi il s'était battu. Il n'avait pas le droit de céder à la compassion maintenant, au risque d'échouer dans ses projets.

Bien évidemment, sans sa montre, Camille resterait indéfiniment à l'orphelinat, mais au moins ne risquait-elle pas de chercher à récupérer son bien. Sam se retrouvait ainsi libre de poursuivre ses projets sans crainte. Quant à l'Ordre, il n'avait plus d'humains en vadrouille, et c'était tout ce qui importait.

Tout le monde est content, songea Sam avec un sourire amer.

En réalité, Il doutait que MacClaw s'estime satisfait de cette capture. Dès qu'il deviendrait évident que la montre de l'enfant avait disparu, le chef de l'Ordre prendrait sans doute des mesures terribles. L'Autorité ordonnerait peut-être de réduire les flux de rêves afin de limiter les risques de déconnexions. Jamais aucune montre n'avait encore été volée à Evernight. C'était une première et, tant que MacClaw n'aurait pas le fin mot de l'histoire, il fallait s'attendre à ce que toutes les instances d'Evernight passent en alerte maximale. Mais franchement… Sam s'en moquait.

Il savait très bien à qui le tigre allait demander de l'aide pour résoudre ce problème, et cette perspective ne l'inquiétait pas. L'Ordre se tournerait sans doute vers Mathias, le Maître du Temps, dans l'espoir que celui-ci les aide.

Un espoir bien vain, Mac Claw, bien vain.

Alors que le groupe avait pratiquement atteint le bourdon, un mouvement à l'extrémité de la place attira l'attention de Sam. Un soldat, seul et visiblement très pressé, courait pour rattraper les autres. Du haut de son perchoir, Sam devina qu'il avait sous les yeux le porteur de mauvaises nouvelles. Il s'avança pour ne rien perdre de la réaction du tigre.

La belette s'arrêta à la hauteur de Mac Claw alors que Camille, fermement escortée, atteignait la passerelle menant au bourdon. Le soldat, essoufflé et manifestement très agité, attira l'attention de son supérieur.

— Qu'est-ce qui se passe encore ? maugréa Mac Claw en se tournant vers lui. Vous avez retrouvé votre capitaine ?

— Oui, Mylord ! haleta la malheureuse belette à bout de souffle. Le capitaine de l'équipe deux et un de ses hommes sont tombés dans un piège à la sortie du marché couvert. Le même voleur qu'hier, Mylord ! Il les a assommés et a réussi à leur dérober la montre de la petite. On les a retrouvés dans une ruelle, étendus et inconscients. Tout le monde cherche le criminel, Mylord, mais, pour l'instant, nous n'arrivons pas à mettre la main sur lui. C'est comme s'il s'était volatilisé !

Le tigre n'en crut pas ses oreilles. Avoir retrouvé l'enfant était une très bonne nouvelle, mais perdre la montre alors même qu'une tentative de vol avait déjà eu lieu la veille, c'était une catastrophe. Il se maudit intérieurement de sa négligence. S'il n'avait pas abandonné la poursuite la veille, le forfait n'aurait pas pu être commis. Désormais il était presque trop tard pour réagir : ce vol avait eu lieu bien assez tôt pour permettre au fautif de fuir la scène du crime.

— Comment ont-ils pu être assez stupides pour se faire avoir ? hurla le tigre. Vous allez me fouiller cette ville une seconde fois avec tous les renforts disponibles ! Mettez les habitants à contribution s'il le faut, mais retrouvez-moi le coupable ! Ramenez-moi le voleur dès que vous le tiendrez ! Je veux comprendre le pourquoi de ce vol, c'est clair ?

La belette inspira une grande goulée d'air, accusa réception de la consigne et salua.

— À vos ordres, Mylord !

Et de faire volte-face pour annoncer la nouvelle aux troupes avec ce qui lui restait de forces, trop contente de pouvoir échapper à la colère du chef de l'Ordre. Les belettes s'agitèrent en tous sens, qui pour saisir son arme, qui pour partir vers le centre de la ville exécuter les ordres. La cohue régna en maître tandis qu'elles se préparaient, se marchant sur les pattes et couinant à qui mieux mieux pour se faire entendre. Dès qu'elles furent à moitié équipées, Mac Claw les vit se diriger vers la ville avec entrain. Il les regarda partir, perplexe. Si les montres de sommeil revêtaient une importance cruciale pour contrôler les flux d'énergie à Evernight, une fois déconnectées, elles ne servaient plus qu'à localiser leur propriétaire. Ces objets n'avaient aucune valeur marchande, ni aucun pouvoir.

Les motivations du voleur lui échappaient complètement. S'abîmant dans ses pensées, Mac Claw regarda les belettes disparaître dans les rues proches, et il secoua la tête. Le bandit devait déjà être loin, mais le tigre se devait de tout tenter pour le retrouver. Sans quoi l'enfant serait piégée…

Il se retourna alors et croisa le regard de Camille, toujours entourée par deux soldats. Ces derniers semblaient incertains de la conduite à tenir.

— Qu'est-ce qu'on fait, nous, Mylord ? On emmène la prisonnière quand même ?

Le tigre hocha la tête, mécontent.

— Oui, on l'emmène ! L'orphelinat est la seule place acceptable pour les gens de son espèce, même si nous sommes impuissants sans sa montre. Il nous sera impossible de la ramener chez elle, mais il faut bien l'emmener quelque part en attendant !

Camille eut l'impression de recevoir un coup de massue sur le crâne.

— Quoi ?

Mac Claw ne faisait que formuler son agacement mais, pour Camille, le monde s'écroulait.

Sa montre ? Sans cette montre, elle ne pourrait pas rentrer chez elle ?

C'était exactement ce qu'avait dit Sam, mais à aucun moment il ne lui avait expliqué que l'Ordre avait l'intention de la renvoyer chez elle ! S'il le lui avait dit, elle se serait livrée d'elle-même, et avec quel plaisir ! Pourquoi ne l'avait-il pas prévenue ? Pourquoi ?

Et, tout à coup, Camille comprit. Elle sentit un frisson la parcourir, qui se transforma en fébrilité, et elle trembla bientôt de tout son corps. Le sang lui battait aux tempes, elle entendait le martèlement de son cœur et sa vue se troubla. Elle laissa échapper un gémissement tandis que les belettes la retenaient, croyant qu'elle allait se trouver mal.

Elle s'était fait avoir. Elle ne comprenait pas et, en même temps, elle comprenait trop bien. Sam l'avait utilisée. Elle était stupide, elle s'était fait avoir en beauté et, désormais, elle était plus éloignée de chez elle que jamais. Le désespoir et la révolte l'assaillirent.

Sam n'avait jamais eu l'intention de lui rendre sa montre. Elle ne s'était pas trompée sur l'itinéraire qu'il lui avait indiqué. C'était lui ! Il l'avait volontairement envoyée dans l'impasse pour avoir les mains libres au moment de subtiliser la montre aux belettes ! Elle lui avait fait confiance, et il lui avait menti !

— Ce n'est pas possible, ce n'est pas vrai... Non !

Dans un sursaut de colère, elle se débattit un instant, mais ses gardiens la tenaient fermement et n'eurent aucun mal à la maîtriser.

— Ce n'est pas possible ! répéta-t-elle plus fort au tigre, qui l'observait sans comprendre. Lâchez-moi ! Je veux rentrer chez moi ! Je veux rentrer chez moi !

— Ça suffit ! gronda Mac Claw, coupant court à la scène. Tu crois que ça me plaît plus qu'à toi ? Il aurait fallu y penser avant de t'enfuir !

Puis, voyant qu'il l'avait fait taire et qu'elle restait interdite, sous le choc de la nouvelle, il se calma à son tour. D'un geste de la main, il donna l'ordre aux belettes de l'obliger à monter à bord du bourdon et elles s'exécutèrent, traînant derrière elle une Camille à présent passive et abattue, comme au moment de sa capture. Mac Claw soupira en contemplant la scène.

— Vraiment, ça ne me plaît pas plus qu'à toi.

Avec la vague de déconnexions qui avait eu lieu dernièrement, l'orphelinat regorgeait d'enfants égarés dont les montres avaient été cassées lors de leur arrivée, ou qui attendait le bon vouloir du Maître du Temps pour être réexpédiés chez eux.

MacClaw n'appréciait guère qu'il y ait autant d'humains sur le sol evernightien. Leur capacité au Changement était un danger pour l'équilibre du monde. Si, désormais, quelqu'un s'amusait à dérober les montres des gamins qui échouaient ici, ils allaient tous au-devant de très gros ennuis. Une chose était certaine, l'Autorité n'allait pas aimer ça. Les Griffons, auxquels il pensait avec inquiétude quelques temps auparavant, lui revinrent à l'esprit. Il secoua la tête pour chasser ses craintes. Il pouvait encore retrouver la montre avant que quelque chose de vraiment fâcheux ne se produise.

Le tigre se désintéressa de la passerelle que l'enfant traversait pour monter sur le dos du bourdon et jeta un regard circulaire à la place centrale. Tout ce qui s'était passé depuis deux jours l'alarmait. L'arrivée de l'humaine, l'attaque de l'Égrygor, la fuite de l'enfant et la tentative de vol… puis la capture, enfin, et le vol de la montre en parallèle. Son instinct lui disait qu'il se tramait quelque chose de grave derrière ces événements, mais il ne parvenait pas à en discerner la nature. Et si ce n'était que ça ! Mais il allait avoir des comptes à rendre à propos de ces incidents et cette perspective ne l'enchantait guère.

Il contempla le paysage de chaos qui l'entourait. Les débris de l'attaque du cauchemar aqueux étaient partout visibles et, parce qu'il restait des éboulis dangereux, la place n'avait pas été rouverte au public. C'était un spectacle de désolation. Partout, le sol dallé était souillé de crasse et jonché de détritus. Un enchevêtrement de bouts de bois, de restes alimentaires et de tissus salis envahissait la zone. À l'extrémité de la place, près de la bibliothèque, des lucanes et autres insectes cornus achevaient d'éliminer les dernières traces du passage de l'Égrygor sous les ordres de leurs guides.

— Tout ça pour ça, grommela le tigre en se retournant vers le bourdon, qui commençait à s'agiter. Avoir l'enfant sans avoir la montre, quel gâchis !

Se détournant de la place dévastée, il tira sa colossale épée de son fourreau et l'agita en direction du pilote. Si la belette aux commandes hocha la tête, il ne la vit pas, mais il sut qu'il avait été compris quand les ailes de l'insecte se mirent en mouvement, soulevant un nuage de débris et de poussière.

Les battements s'accélérèrent et l'insecte, repliant ses pattes sous lui, s'éleva dans les airs. L'animal emportait avec lui l'enfant, tout droit vers l'orphelinat. Il n'y avait plus rien à faire pour elle. MacClaw rengaina son arme et tourna le dos au bourdon.

La ville s'étendait devant lui. En son centre, le pic cristallin, brillant dans la lumière du jour, renvoyait des rayons de toutes les couleurs vers les bâtiments. La coupole de la bibliothèque, couverte de verre sombre, réfléchissait toute la gamme chromatique. La journée allait être superbe, pour un jour de traque. Laissant là les rongeurs qui s'activaient à nettoyer la place centrale, le tigre géant s'engagea dans les décombres d'un pas assuré.

Toujours perché au sommet de la coupole dont les reflets lumineux le protégeaient de tout regard, Sam observa le départ de Mac Claw avec satisfaction. Il le salua de loin, ravi.

— Au revoir, Mac Claw, au revoir ! Il est temps pour moi de tirer ma révérence. Je vous laisse à vos occupations que je sais nombreuses, et je ne vous dérange pas plus longtemps. Bonne chance, et surtout, bonne chasse !

Sam soupira avant de s'étirer, très satisfait de lui-même. L'opération « vol de montre » était un franc succès. Il n'avait plus rien à faire ici. Sans attendre, il appuya sur le bouton d'allumage de ses bottes et poussa la manivelle au maximum. Un léger bruit de pression se fit entendre. Il se redressa, tapa du pied et s'éleva sans efforts dans le ciel d'Evernight.

18

Le voleur de montre

Le Palais du Temps. Aucun autre bâtiment à Evernight n'avait jamais atteint la stature et la complexité de celui-là. Comme Maximilien et North pour leurs usines respectives, Mathias, le maître des lieux, l'avait conçu lui-même. Autour des anciennes structures laissées par son prédécesseur, il avait établi grâce au Changement l'équivalent d'une ville entière dont les flèches, pour la plupart ornées d'horloges ouvragées, se tendaient de loin en loin vers le ciel. Partout, des tours, des contreforts et des tuyaux de cuivre s'enchevêtraient, se combinaient, s'unissaient dans la pierre et le métal. C'était un désordre tordu de structures enchâssées, unies dans un mélange hétéroclite et incompréhensible, entre confusion et gigantisme.

Au centre, le bâtiment principal au toit d'ardoise dissimulait l'immense verrière qui surplombait la salle des montres. Des cheminées colossales de briques grises montaient à l'assaut des nuages, libérant des volutes de vapeur colorée. Les sons des montres, des horloges, des goussets, des rouages et du vent se mêlaient admirablement et la structure entière semblait respirer, comme animée d'une vie propre. Colossal, le Palais avait des airs de cathédrale, mais à l'austérité de ce modèle il opposait les cuivres rutilants et les cadrans ouvragés des montres, multiples et omniprésents, dans lesquels des aiguilles étranges trottaient avec régularité.

Le blanc des sculptures ressortait étrangement sur le ciel plombé et les horloges scrutaient les nuages sombres portés par le vent comme les yeux multiples de quelque monstre ancien. Le Palais, construit sur une plate-forme flottante qui tutoyait les cieux, errait à présent au milieu des vapeurs grises des cumulus chargés d'eau. Il y avait peu de chances que l'averse se déclenche. Le vent qui s'était levé ne tarderait pas à chasser au loin ces mauvais rêves, ou bien les nuages, en descendant lentement, iraient se fondre dans les océans dans un lent frémissement d'agonie. C'était un spectacle magnifique et rare, à Evernight. Pour l'heure, la noirceur du ciel n'était que menace, et le Palais, un joyau indifférent noyé dans un univers cotonneux.

Au milieu de cet amalgame de tours et de clochers, Sam le voleur avançait rapidement, se propulsant d'un pic à l'autre grâce à ses bottes. Il gagna les abords du bâtiment central et se hissa jusqu'au sommet sans presque ralentir, passant des tuyaux de la base aux aiguilles du cadran central en quelques instants. Tout en haut, sur le toit, de grandes baies vitrées donnaient sur des salles désertes plongées dans l'obscurité. De grandes fenêtres montaient de la façade, élevant leurs moulures de pierre jusqu'au toit et projetant des ombres sur les ardoises. Sam passa d'une fenêtre à l'autre, les comptant mentalement sans même s'en rendre compte. Au fur et à mesure qu'il approchait du centre du toit, leur taille augmentait. Il était pratiquement arrivé au-dessus de l'horloge principale quand il s'arrêta et se pencha pour chercher du bout des griffes le montant de bois rouge qui maintenait la fenêtre fermée. Sous sa poussée, celle-ci s'ouvrit, laissant voleter un rideau écru à l'extérieur, happé par le vent. Sam prit appui sur le toit et bascula à l'intérieur de la pièce, se réceptionnant sans difficulté sur le large rebord. Il y demeura quelques secondes, retenant sa respiration.

Tout était silencieux et plongé dans l'ombre. Ici et là, il devinait à travers son masque d'imposantes vitrines contenant les rouages brillant de l'éclat de l'or, ou encore des bibliothèques massives remplies de lourds volumes reliés. Les lampes, évoquant des amours-en-cage, n'émettaient qu'un faible halo orangé, laissant la majeure partie de la pièce dans l'obscurité. Recouvrant presque tous les murs, des horloges de toutes tailles et de toutes formes chantonnaient doucement dans la pénombre. Le tapis dessinait d'étranges motifs sur le parquet brillant et invitait le voleur à descendre de son perchoir. En contrebas, d'autres aiguilles se mouvaient sur le fond clair des pendules accrochées aux murs, mais c'était là les seuls mouvements qu'il discernait.

Sam laissa échapper un soupir de contentement : il était rentré chez lui. Il referma la fenêtre derrière lui et, d'un bond calculé, il sauta légèrement sur le tapis. Il se redressa, détendu, et épousseta son costume tout en gagnant l'extrémité de la pièce d'un pas assuré. Finalement, il s'arrêta devant le mur et acheva de dégrafer sa veste à l'aide de ses griffes, étonnamment habiles compte tenu de leur taille imposante. Une fois la tâche achevée, il ouvrit un panneau coulissant qui donnait sur une large penderie. La lumière s'alluma automatiquement, dévoilant un assemblage de vêtements sobres qui détonnaient avec sa tenue actuelle. Sam ôta alors son casque et son masque avec un soulagement visible, avant de les déposer sur l'étagère la plus haute. Il ébouriffa tranquillement la masse de ses cheveux sombres, aplatis par son déguisement, et sortit de sa poche une paire de lunettes qu'il jucha sur son nez en souriant.

—Ainsi disparaît pour de bon Sam, le voleur de montre, murmura-t-il en retirant sa veste avant de l'accrocher sur un cintre.

Il se changea rapidement et lissa le col de sa nouvelle chemise d'un geste inconscient. Un miroir situé sur le côté de la penderie lui renvoya le reflet d'un garçon efflanqué, pâle, au regard dur.

— Et revoilà Mathias, le Maître du Temps. Ça n'aura pas été sans mal…

Mathias fouilla la poche de « la tenue de Sam » fraîchement suspendue et en retira la montre avec précaution.

— Non, ça n'a pas été sans mal, ma belle, mais enfin te voilà.

Elle occupait tout l'espace de sa main, son cadran ouvert comme un œil unique l'observant dans l'ombre. Les reflets de la lumière jouaient sur la surface du verre et, sur le fond, des ornementations se mouvaient, formant d'étranges volutes sous les aiguilles.

— Vraiment, tu en valais la peine, dit-il enfin en caressant du bout des doigts les bords en cuivre de l'énorme gousset.

— Et on peut savoir à quoi elle va te servir ? claironna une voix glaciale juste derrière lui. Non, parce que tu as foutu un sacré bordel sur Evernight depuis deux jours, tu es au courant ?

Au premier mot, Mathias avait tressailli mais il écouta la fin de la tirade sans réagir, la mâchoire serrée. Il ouvrit la bouche, avant de finalement retenir la réplique cinglante qui allait franchir ses lèvres. À la place, il se contenta de pousser un grognement indistinct avant de marcher droit vers la porte de son bureau, d'où l'attaque était venue.

Mathias pénétra dans la pièce sans ralentir et jeta en passant un regard courroucé à Maximilien. Ce dernier le regardait s'avancer, l'air au moins aussi en colère. Le Marchand de Sable était affalé sans aucune tenue dans le fauteuil en cuir brun de Mathias, les deux pieds posés sur le bureau acajou. Il tenait à la main un petit livre, un traité d'économie evernightienne tout élimé, dont il avait bien entamé la lecture. Pendant une poignée de secondes, les deux garçons s'observèrent sans un mot. Mathias finit par secouer la tête. Comme s'il s'agissait là du signe qu'il avait attendu pour bouger, Max referma son livre d'un coup sec.

— J'exige des explications.

Il avait si parfaitement imité la voix de North, avec cette intonation qui laissait entendre qu'elle était dans un mauvais jour, que Mathias ne put s'empêcher de sourire. Malgré tout, il secoua de nouveau la tête.

— Ça ne te regarde en rien, ce que je fais et pourquoi je le fais, répondit-il d'une voix ferme.

Depuis combien de temps moisis-tu dans mon bureau ? D'ailleurs, merci de bien vouloir ôter tes pieds de celui-ci immédiatement. J'y tiens.

Loin d'obéir, Maximilien haussa les sourcils, prenant un air offensé tout à fait convaincant, puis balança son livre sur l'étagère derrière lui.

—Je suis là depuis que North m'a injustement accusé de lui avoir subtilisé de la poudre à Égrygor. Tu sais, le machin super efficace qui attire les cauchemars aqueux. Genre, comme celui qui est venu à Riorim cet après-midi. Tu te souviens de cette poudre ? Si je ne m'abuse, c'est d'ailleurs toi qui lui avais demandé d'en fabriquer, il y a une éternité. Au sens propre.

Max guetta une réaction, mais Mathias ne répondit pas.

—Je ne suis pas comme elle, poursuivit-il, du genre à te croire blanc comme l'agneau qui vient de naître. Il était facile de déduire que c'était toi, vu que, pour une fois dans ma vie, peut-être la première, je n'y étais pour rien. On n'est que trois, de ce côté-ci, à pouvoir utiliser l'E.P. Trois moins deux font un. Il ne reste que toi. As-tu quelque chose à dire pour ta défense ?

Comme Mathias se détournait sans faire mine de répondre cette fois encore, Max se redressa et reposa les pieds au sol vivement avant de se lever, bien décidé à ne pas abandonner le sujet.

—À quoi tu joues, Mathias ?

—Je te l'ai dit, ça ne te regarde en rien.

Mathias avait répondu d'une voix froide qui ne lui était pas habituelle. Max fronça les sourcils. Que son ami soit secret, ce n'était pas nouveau mais, chatouillé au bon endroit, il avouait le plus souvent tout ce qu'on lui demandait, et de bonne grâce. De toute façon, Maximilien avait une fâcheuse tendance à ne tenir aucun compte des refus qu'on lui opposait, ce qui générait une résistance de plus en plus faible de la part des personnes qui le connaissaient un brin. Cette fois-ci ne ferait pas exception : puisque Mathias ne voulait rien lui dire, Max n'avait plus d'autre solution qu'entamer la guerre d'usure.

—N'espère pas t'en sortir aussi facilement ! lança-t-il à son compagnon qui s'éloignait, se préparant à quitter le bureau. Tes imbécillités vont nous retomber dessus, je vois ça d'ici. Mat, MacClaw m'a déjà dans son collimateur, tu le sais parfaitement ! Peu importe le coup fumant que tu prépares, les risques que tu prends sont des risques que nous prenons aussi, North et moi ! Tu n'as pas le droit de nous laisser dans l'ignorance !

Le dernier argument porta. Mathias, qui avait marché sans se retourner jusqu'à la porte, hésita une seconde avant d'appuyer sur le bouton à côté du chambranle, qui émit alors un « bip » guilleret. Quand Maximilien le rejoignit, il ne fit pas un geste pour l'arrêter.

— Tu nous dois des explications ! acheva Max dès qu'il fut à sa hauteur, en croisant les bras pour marquer sa détermination.

— Je ne vous dois rien, répliqua Mathias d'une voix fatiguée. Arrête de crier, s'il te plaît. Tu n'obtiendras rien de moi en me hurlant dans les oreilles.

— Pourtant, ça donne parfois des résultats satisfaisants.

La porte s'ouvrit avec un son de cloche engageant, révélant un ascenseur de cuivre et de verre qui dévoila un paysage de pics et de clochers sur fond de nuages sombres. Ils pénétrèrent ensemble dans la cabine et la porte se referma en chuintant. Aussitôt, l'ascenseur se mit en route sans que personne ne lève le petit doigt et entama une lente descente de la façade. Maximilien ne quittait pas Mathias des yeux, lequel préférait observer le ciel d'un air absent.

— Il faut que tu m'expliques à quoi rime tout ce cirque, Mat, relança Maximilien en se détournant à son tour. Pourquoi ce vol ? Tu as pris des risques insensés pour piquer cette montre sous le gros mufle de MacClaw, et je ne comprends pas pourquoi. Mis à part l'amusement légitime que tu as dû ressentir à faire tourner le matou en bourrique, ça n'a pas de sens. Des montres, tu en as des milliers à ta disposition, tu es le Maître du Temps, quand même ! Ton atelier et tes hangars en regorgent, pourquoi te donner tant de mal pour récupérer l'une d'entre elles ? Et pourquoi tu ne l'as pas prise quand elle était encore chez toi ?

Mathias ne donna pas l'impression d'avoir entendu mais, quand l'ascenseur s'immobilisa enfin, il esquissa un sourire triste.

— Je ne pouvais pas la prendre ici. Tout le monde aurait compris qui était le responsable. Je ne tiens pas à ce qu'on sache ce que j'ai fait. Et c'est vrai, j'en ai des milliers, et même des dizaines de milliers, des montres. Mais, crois-moi…

Mathias se tourna vers Max et lui désigna celle de Camille, qu'il tenait toujours à la main. Le Marchand de Sable y jeta un coup d'œil indifférent.

— Celle-là va tout changer.

Comme la porte s'était ouverte, Mathias sortit sans rien ajouter. Max lui emboîta le pas, non sans réfléchir furieusement.

— « Tout changer » quoi ? Qu'est-ce que tu veux changer à Evernight ?

Il laissa échapper un rire ressemblant à un claquement sec.

— Depuis quand on a besoin de montres pour modifier ce monde ? C'est le privilège des humains de transformer Evernight à leur guise ! C'est toi qui as créé tout ça, je te rappelle ! acheva-t-il enfin en écartant les bras.

La salle dans laquelle les deux garçons avaient pénétré s'ouvrait comme le ventre d'une cathédrale.

Partout, à l'assaut des murs et des piliers, les centaines de milliers de montres s'étalaient, accrochées le long des rambardes de cuivre et de fer forgé, émettant leur lente et perpétuelle mélopée. De loin en loin, des petits pandas et des lémuriens s'activaient derrière leurs lunettes et leurs outils de précision, réparant rouages, tuyaux et lampes dans un ballet d'aiguilles et de cliquetis discrets.

La salle des montres était gigantesque. Les écrans luisaient dans l'obscurité, semblables à des myriades d'étoiles dans le ciel chargé que l'on devinait à travers les verrières. Les rouages et les assemblages de métal s'enchevêtraient ici comme à l'extérieur, dans un savant mariage de désordre et de continuité. De la vapeur s'échappait des tuyaux par endroits, diffusant une agréable odeur d'huile de rêves.

Maximilien, les bras ouverts, contemplait les lieux avec ravissement. Quand il était lui-même à l'orphelinat, il avait beaucoup étudié le Palais du Temps pour ses travaux d'architecture. Il avait été ébahi devant le travail de Mathias, qui n'était pourtant pas lui-même un créateur et était donc censé avoir des dispositions limitées en matière de capacités au Changement. Pourtant, ce Palais avait toujours été l'édifice le plus remarquable d'Evernight, et pas seulement parce qu'il avait été le premier conçu par un esprit humain : il était torturé et magnifique, sombre et grandiose. Comme son propriétaire, finalement.

Mathias avait suivi son regard, mais il observait ses montres d'un œil éteint. Finalement, il remarqua un groupe de petits pandas qui avaient interrompu leur travail pour regarder Max avec des yeux ronds, et les interpella.

— Tout va bien ?

— Très bien, chef ! répondirent les employés vivement, en s'inclinant. On remet les montres instables en place, il n'y a pas eu de nouvelles déconnexions.

— Alors c'est parfait, conclut Mathias en grimaçant un sourire. L'Autorité peut dormir sur ses deux oreilles. Si elle en a, en ce moment.

Et de reprendre sa marche sous l'œil interloqué de Maximilien, qui baissa les bras et leva les yeux au ciel.

— Tu ne m'as pas répondu, Mathias ! Changer quoi ?

Mathias lui fit alors face, souriant tranquillement.

—Justement, Max. Tout ce que tu viens de montrer. Ça, et le reste, répondit-il, énigmatique. Il est grand temps de dépoussiérer ce monde.

Mathias n'attendit pas de voir comment le Marchand de Sable prenait la chose. Il fit volte face et gagna l'atelier. Max, qui ne comprenait rien et se laissait gagner par l'inquiétude, resta bouche bée à le regarder partir. Quand son ami eut disparu dans la pièce voisine, il se ressaisit et, étouffant un juron, le rejoignit rapidement.

Cet atelier-là était celui dévolu à l'expérimentation et c'était le refuge de Mathias. Les pandas comme les lémuriens ne s'y rendaient guère, disposant pour leur part de grandes salles de travail en sous-sol. D'ordinaire, seul le maître des lieux avait le droit d'y pénétrer. Enfin, lui et Maximilien, qui préféra s'octroyer l'autorisation plutôt que de la demander. Il referma la porte derrière lui ; Mathias ne se retourna même pas. À l'autre bout, derrière des établis peu ordonnés, le Maître du temps rangea la montre de Camille dans une petite armoire vitrée qu'il verrouilla soigneusement. Il retira la clef et l'empocha. Cependant, plutôt que de s'éloigner, il resta immobile à contempler le cadran emprisonné derrière la vitre tandis que Maximilien le rejoignait en grommelant.

Les deux garçons restèrent silencieux, observant ensemble la montre à cause de laquelle un enfant s'était réveillé à Evernight, un Égrygor avait attaqué une ville, un contrat avait été rompu et tous les risques avaient été pris.

— Je ne sais pas ce que tu comptes en faire, grommela Maximilien, mais j'espère pour toi que ça en vaut la peine, parce que je sais où l'Ordre va envoyer cette gamine et, crois-moi, il n'y a pas grand-chose qui vaille cela.

Mathias serra les dents. Il secoua la tête, inébranlable.

— Cette montre vaut tous les sacrifices, répondit-il sans la quitter des yeux. Je ne peux pas encore t'expliquer en quoi, ni comment, mais si le prix à payer est de savoir que cette fille restera à tout jamais à l'orphelinat du Cheval-Pendu, alors… je l'assumerai.

Maximilien n'osa rien ajouter. Il jeta un regard en coin à son ami et espéra qu'effectivement les enjeux étaient aussi cruciaux que Mathias semblait le croire. Parce que, pour sa part, l'orphelinat était le dernier endroit où il aurait voulu passer l'éternité, quand bien même cela lui aurait permis de rester à Evernight sans subir le poids d'aucune responsabilité.

Il songea avec amertume à la jeune fille blonde qu'il avait aidée, deux longues journées auparavant, à fuir l'Ordre pour s'éviter une corvée de paperasse et il ferma les yeux.

— Pour qu'on en soit réduit à lutter contre les nôtres, Evernight a déjà bien changé..., soupira Max.

Cette fois, le Maître du Temps ne trouva rien à répondre.

19

L'enfant et l'orphelinat

Dans les brumes de la fin du jour et de l'orage naissant qui conféraient aux nuages des reflets mauves et dorés, le bourdon de l'Ordre achevait son vol avec peine. Bien long était le chemin qui menait jusqu'à cette île qui flottait dans le ciel, ce sanctuaire reculé, enchaîné à la terre ferme par de lourdes entraves qui l'empêchait de dériver. Sur ce rocher volant où l'herbe avait pris une teinte d'un vert lumineux sous la lumière rasante, l'orphelinat se dressait, altier, encerclé de statues de chevaux dressés dont le marbre blanc ruisselait de lumière.

Le bâtiment avait l'austérité noble des vieux manoirs anglais. Grand, orné de massives verrières sur son pourtour, il était recouvert de chèvrefeuille et de vigne vierge. Il se dressait au sommet du rocher, au milieu d'un jardin luxuriant où on aurait plutôt imaginé une terre désolée et ingrate, et il se dégageait de l'ensemble un charisme impressionnant, de ceux des demeures qu'on admire tout en redoutant d'y pénétrer. Plus le bourdon approchait, plus la massive silhouette du corps de logis se découpait sur la végétation environnante et semblait redoubler de luminosité, tant son toit brillant et ses fenêtres reflétaient les rayons du soleil en une myriade d'étincelles.

Finalement, le bourdon infléchit sa trajectoire et piqua vers les jardins, déplaçant sa masse avec aisance au milieu des chênes immenses et des érables carmin. Au sol, sur l'aire d'atterrissage, deux suricates raides comme la justice regardaient approcher le gigantesque insecte avec une immobilité parfaite. L'animal, de ses grandes ailes, faisait s'envoler les feuilles des arbres et battre à leurs pattes les toges colorées des suricates silencieux. Quand il se posa et s'immobilisa, les passerelles furent tendues vers le sol et les belettes s'activèrent. Elles étaient toutes descendues et avançaient vers l'entrée principale de l'orphelinat, encadrant leur prisonnière, tandis que les deux suricates n'avaient pas esquissé le moindre mouvement. Quand les belettes s'arrêtèrent sous leur nez, ils les saluèrent enfin.

— Désolés de vous avoir prévenus si tard, dit la première belette en leur rendant leur salut. Nous sommes venus aussi vite que possible.

— Nous vous attendions, répliqua l'un des suricates d'un ton égal, ne précisant pas s'il s'agissait là d'un reproche ou d'une constatation. Eh bien, qu'avons-nous là ?

Son regard passa de la belette à l'humaine qu'on lui amenait, pour croiser alors le regard de Camille. Ce qu'il y vit ne lui plut pas : de la tristesse et du renoncement, mais aussi de la colère et une flamme qui sommeillait, mais qu'un vent lointain qu'il ne pouvait entendre attisait chaque seconde un peu plus.

— Elle est arrivée hier, résuma la belette en regardant ses notes. C'est une Anglaise, du XIXe siècle, et elle se prénomme Camille. Sa montre a été égarée au cours de la poursuite, aussi restera-t-elle chez vous tout le temps qu'il nous sera nécessaire pour remettre la main dessus. Nous n'avons pas d'autres éléments à vous communiquer.

Vous signez en bas, là, pour accuser réception du colis.

Pendant tout ce discours, le suricate n'avait pas lâché Camille des yeux et elle-même n'avait pas cillé une seule fois. Elle avait l'air si fragile, si facile à briser et en même temps si dure qu'il en ressentit un malaise et mit quelques secondes à se rendre compte que la belette, toussotant sous son nez, attendait une signature de sa part. Quand il s'exécuta, il sentit le regard de l'enfant peser sur lui. Elle le regardait encore, silencieuse et pâle, quand il se releva. Le suricate plissa son long nez.

— Emmène-la, intima-t-il à son voisin, qui avait observé la scène dans une servile passivité, et vois quel uniforme il faut lui mettre. Trouve-lui un lit, et explique-lui bien notre règlement.

Son collègue hocha la tête et s'avança.

— Suis-le, ajouta le premier suricate à l'intention de Camille. Fais ce qu'il te dit et ne pose pas de questions.

Il crut deviner un sourire cynique se dessiner sur les lèvres de la jeune fille et un frisson le parcourut. Ce malaise qui l'avait envahi un peu plus tôt ne s'était pas encore dissipé alors qu'il la regardait s'éloigner dans le hall principal derrière son confrère.

— Pas fâché d'en avoir terminé, dit la belette en rangeant son formulaire. La traque de cette gamine nous a tenus occupés depuis hier matin aux aurores et nous n'avons presque pas dormi, mon équipe et moi. Je suis bien content de vous passer le relais. Dès que le bourdon sera en état, on prendra congé.

Le suricate renifla ; il observait toujours la porte par laquelle Camille avait disparu. Il cherchait vainement à mettre un mot sur ce qui le dérangeait chez elle.

— Je ne sais pas quels problèmes elle vous a posé ces deux derniers jours, dit-il d'une voix sourde, mais, si vous voulez mon avis, elle en posera bien davantage d'ici la fin de son séjour. Croyez-moi sur parole, capitaine, je connais les humains, depuis le temps que je m'en occupe. Cette gamine va être une mine d'ennuis à elle toute seule, vous pouvez me faire confiance là-dessus.

La belette haussa les épaules et fit un vague signe de la main avant de s'en retourner vers le bourdon.

— Si elle doit causer des troubles, j'espère surtout pouvoir compter sur vous pour les régler ! L'Ordre n'aime guère quand les humains posent un problème, vous le savez bien.

— Oh ! Mais pour cela aussi, vous pouvez me faire confiance, grinça le suricate en découvrant des dents pointues.

Il prit congé des belettes et rentra silencieusement dans le bâtiment principal. Au loin, dans le ciel d'Evernight, le chant mélancolique d'une baleine se mêla au grondement insistant de la mer. Sous les lumières crépusculaires, l'orphelinat du Cheval-Pendu avait pris des teintes rouge et or qui évoquaient les flammes.

CPI
AUBIN IMPRIMEUR

IMPRIM'VERT
Votre imprimeur agit pour l'environnement

Achevé d'imprimer en décembre 2013
N° d'impression 1310.0387
Dépôt légal, janvier 2014
Imprimé en France
36231103-1